历代笔记小说大观

桯史
默记

[宋]岳珂 王铚 撰

黄益元 孔一 校点

桯　史

［宋］岳　珂　撰
黄益元　校点

校点说明

《桯史》十五卷，宋岳珂撰。

岳珂(1183—约1242)，字肃之，号亦斋、倦翁，相州汤阴(今属河南)人。抗金名将岳飞之孙，岳霖之子。曾官嘉兴知府，权户部尚书，八路制置茶盐使等职。精经学，工词章，著述甚富。曾作《金陀粹编》辑集有关岳飞资料，为其辨诬。并著有《刊正九经三传沿革例》、《宋少保岳鄂王行实编年》、《愧郯录》、《玉楮集》等。

《桯史》是岳珂日积月累写成的关于两宋朝野见闻的史料笔记。他有感于“狥时者持谀以售其身”，那些“张夸”、“溢厌”的言辞会“久而乱真”，故以“身历”、“目击”的种种见闻以“质之”，以明“公是公非”。全书共一百四十条，涉及两宋朝政得失、南渡佚事、贤达诗文、世俗谑语、图谶神怪等等，内容虽杂，然其“大旨主于寓褒刺，明是非，借物论以明时事”(《四库全书总目提要》)。如石城堡塞、乾道受书礼、燕山先见、大散论赏书、秦桧死报、陈了翁始末、开禧北伐等条，皆比正史详尽，且褒贬分明，具有重要的史料价值。而所记欧阳修、梅尧臣、苏轼、刘过、辛弃疾、王庭珪、陈亮等人的诗文佚事，亦足以资文学史的考证。当然，本书也偶有差错，如“宣和御画”条，为张端义《贵耳集》所驳。但瑕不掩瑜，无碍于岳珂“此真良史也”的自诩。

本书有《四库全书》本、《四部丛刊续编》本、《津逮秘书》本、《学津讨原》本等。其中，《四部丛刊续编》本系由铁琴铜剑楼藏元刊本影印，错误较少。现以此为底本，加以标点，遇有异文，参校他本择优定之，不出校记。

目　录

卷第四九则

卷第五十三则

卷第六六则

卷第七五则

卷第八十二则

卷第十四五则

卷第十五八则

桯 史 序

亦斋有桯焉，介几间，髹表可书。余或从搢绅间闻闻见见归，倦理铅椠，辄记其上。编已，则命小史录臧去，月率三五以为常。每窃自恕，以谓公是公非，古之人莫之废也；见睫者不若身历，滕口者不若目击，史之不可已也审矣。彼狗时者，持谀以售其身，或张夸以为窿，或溢厌以为洿，言则书，书则疑，疑则久，久而乱真，天下谁将质之？兹非稗官氏之辱乎！况戏笑近谑，辞章近雅，辨论近纵，讽议近约，若是而不屑书，殆括囊者。夫金匮石室之臧，荛夫野人之记，名虽不同，而行之者一也。于是稍裒积为编。载笔者闻而讥之曰："嘻！今朝廷设官盈三馆，大概皆汗青事，详核备记，裁以三长，含毫阁笔，犹孙其难而莫之敢议也。彼齐东者何为哉？子幸生天下无事时，亶窃粟县官，进不得策名兰台以垂信，退不得隐几全其忘言之真，呫呫徒取栋牛累于世，无毫发益，而犹时四顾出啄木画，诚可笑诋！"余无以复，则指其桯曰："汝将多言日朘，如五达之交午乎！汝将嘿嘿养元，如老聃之柱下乎！人言勿恤，汝姑谓汝将奚择？"桯嗒然不应。予笑曰："此真良史也。"遂以为序。

嘉定焉逢淹茂岁围如既望珂序。

卷第一 十二则

张紫微原芝

高宗览娄陟明寅亮之议，垂意祖烈，诏择秦支，并建二王邸，恩礼未有隆杀也。会连岁芝生太宫，百执事多进颂诗，张紫微孝祥时在馆，独献文曰《原芝》："绍兴二十四年，芝生于太庙楹，当仁宗、英宗之室，诏群臣观瞻，奉表文德殿贺。既二年，芝复生其处，校书郎臣张某作《原芝》曰：非天私我有宋，我祖宗在天，笃丕祐于子孙，明告之符，于惟钦哉！在昔仁祖登三咸五，以天下为公，授我英宗，以永我基祚，于惟钦哉！我圣天子躬济大业，既平既治，上怡下嬉。惟大本未立，社稷宗庙之灵，亦靡克宁飨；有烨兹芝，胡为乎来？天维显思，命不易哉；和气致祥，敢曰不然。曷不于他？乃庙产旃；曷不于他？于二宗之室；曷不于他？再岁再出；于惟钦哉！夫意则然，我祖宗之意则然，于惟钦哉！我二三辅臣以告我圣天子，告我圣天子承天之意，承祖宗之意，早定大计，惟一无贰。纷以贰起，辛伯有言，惟贰惟一，治忽所原；匪弗图之，忧惟贰之惧。敢告圣天子为万世虑，蠢尔小臣，越职罪死。弗罪以思，惟二三辅臣以思以谋告圣天子，言有一得，以裨吾国，万死奚恤，渠敢爱死而畏越厥职？"上得之喜，即擢为南宫郎。于是内廷始渐有所别，迄于建储云。

艺祖禁谶书

唐李淳风作《推背图》。五季之乱，王侯崛起，人有幸心，故其学益炽。开口张弓之谶，吴越至以遍名其子，而不知兆昭武基命之烈也。宋兴受命之符，尤为著明。艺祖即位，始诏禁谶书，惧其惑民志以繁刑辟。然图传已数百年，民间多有藏本，不复可收拾，有司患之。

一日，赵韩王以开封具狱奏，因言："犯者至众，不可胜诛。"上曰："不必多禁，正当混之耳。"乃命取旧本，自己验之外，皆紊其次而杂书之，凡为百本，使与存者并行。于是传者懵其先后，莫知其孰讹。间有存者，不复验，亦弃弗藏矣。《国朝会要》太平兴国元年十一月，诸州解到习天文人，以能者补灵台，谬者悉黥流海岛。盖亦障其流，不得不然也。

徐铉入聘

国初三徐名著江左，皆以博洽闻中朝，而骑省铉又其白眉者也。会修述职之贡，骑省实来，及境，例差官押伴。朝臣皆以辞令不及为惮，宰相亦黮其选，请于艺祖。玉音曰："姑退朝，朕自择之。"有顷，左珰传宣殿前司，具殿侍中不识字者十人，以名入。宸笔点其中一人曰："此人可。"在廷皆惊。中书不敢请，趣使行。殿侍者慌不知所繇，薄弗获已，竟往渡江。始燕，骑省词锋如云，旁观骇愕。其人不能答，徒唯唯。骑省叵测，强聒而与之言。居数日，既无与之酬复者，亦倦且默矣。余按：当时陶、窦诸名儒，端委在朝，若使角辩骋词，庸讵不若铉？艺祖正以大国之体，不当如此耳。其亦不战屈人，兵之上策欤？其后，王师征包茅于煜，骑省复将命请缓师，其言累数千言。上谕之曰："不须多言。江南亦何罪？但天下一家，卧榻之侧，岂容他人鼾睡耶！"大哉圣言！其视骑省之辩，正犹萤爝之拟羲、舒也。骑省名甚著。三徐者，近世或概为昆弟。余嘉定辛未在故府，楼宣献钥尝出手编《辨鸾冈三墓》，余谢不前考。后读周文忠必大《游山录》，有卫尉卿延休、骑省铉、内史锴，盖父子甚明。而余已去国，不复得请益云。

石城堡寨

六朝建国江左，台城为天阙。复筑石头城于右，宿师以守，盖如古人连营之制。然古今议攻守者，多疑以为分兵力而无用。东阳陈同父亮尝上书乞移都建康，谓古台城当在今钟山，而大司马门在马军新营之侧，今城乃江南李氏所筑耳。使六朝因今城以守，则不费侯景辈数日力。何以历年如彼，其久乎？因言曹武惠登长干，兀术上雨花台，城中秋毫不能遁。余尝亲历其地，其说皆是。第指古台城所在，要未有明据，亦出臆度。自清凉寺而上，皆古石头颓墉，犹可识其址，皆依山而高，然则六朝非不知备也。杨文节万里持漕节，尝有诗曰："已守台城更石城，不知并力或分营。六师只合环天阙，一垒真成借寇兵。向者王苏俱解此，冤哉隗协可怜生。若言虎踞浑堪倚，万岁千秋无战争。"其旨明矣。淳熙乙未，郭棣帅淮东，筑维扬城，又旁筑一城曰"堡寨"，地皆砥平，相去余数里。虽牵制之势亦不相及，竟不晓何谓，犹不若石城之得失相半也。

汤岐公罢相

汤岐公思退相高宗，绍兴三十一年以烦言罢。洪文安遵在翰苑当直，例作平语，谏官随而击之，以祠去。孝宗朝再相，隆兴二年复罢。文安之兄文惠适适视草焉，又作平语，侍御史晁公武亦击之。文惠请外，上曰："公武言卿党思退，朕谓平词出朕意。"固却其章，仍徙户侍矣。盖其相两朝，再罢相，乃累洪氏二兄弟，先后若出一辙，可笑如此。岐公中词科时，与文敏迈实同年云。

南陔脱帽

神宗朝，王襄敏韶在京师。会元夕张灯，金吾弛夜，家人皆步出将帷观焉。幼子寀第十三，方能言，珠帽襐服，冯肩以从。至宣德门，上方御楼，芗云彩鳌，箫吹雷动，士女仰视，喧拥阗咽。转盼已失所在，驺驭皆恇扰，不知所为。家人不复至帷次，狼狈归，未敢白请捕。襄敏讶其反之亟，问知其为南陔也，曰："他子当遂访，若吾十三，必能自归。"怡然不复求。咸叵测。居旬日，内出犊车至第，有中大人下宣旨，抱南陔以出诸车，家人惊喜，迎拜天语。既定，问南陔以所之。乃知是夕也，奸人利其服装，自襄敏第中已窃迹其后。既负而趋，南陔觉负己者之异也，亟纳朱帽于怀。适内家车数乘将入东华，南陔过之，攀幰呼焉。中大人悦其韶秀，抱置之膝。翌早，拥至上阁，以为宜男之祥。上问以谁氏，竦然对曰："儿乃韶之幼子也。"具道所以，上顾以占对不凡，且叹其早惠，曰："是有子矣。"令暂留。钦圣鞠视，密诏开封捕贼以闻。既获，尽戮之。乃命载以归，且以具狱示襄敏，赐压惊金犀钱果，直巨万。其机警见于幼年者，已如此。南陔，寀自号，政和间有文声，敢为不诎，充其幼者也。余在南徐，与其孙遇游，传其事。

张元吴昊

景祐末，有二狂生曰张曰吴，皆华州人。薄游塞上，觇览山川风俗，慨然有志于经略。耻于自售，放意诗酒，语皆绝豪崄惊人，而边帅豢安，皆莫之知。怅无所适，闻夏酋有意窥中国，遂叛而往。二人自念不力出奇，无以动其听。乃自更其名，即其都门之酒家，剧饮终日，引笔书壁曰："张元、吴昊，来饮此楼。"逻者见之，知非其国人也，迹其所憩，执之。夏酋诘以入国问讳之义，二人大言曰："姓尚不理会，乃理会名耶！"时曩霄未更名，且用中国赐姓也。于是竦然异之，日尊宠用事。宝元西事，盖始此。其事国史不书，诗文杂见于《田承君集》、沈存中《笔谈》、洪文敏《容斋三笔》，其为人概可想见。文敏谓二人名偶与酋同，实不详其所以更之意云。

王义丰诗

王阮者，德安人，仕至抚州守，尝从张紫微学诗。紫微罢荆州，侍总得翁以归，偕之游庐山。暇日，出诗卷相与商榷，自谓有得。山南有万杉寺，本仁皇所建，奎章在焉。紫微大书二章，其一曰："老干参天一万株，庐山佳处著浮图。只因买断山中景，破费神龙百斛珠。"其二曰："庄田本是昭陵赐，更著官船载御书。今日山僧无饭吃，却催官欠意何如？"阮得此诗，独怃然不满意，曰："先生气吞虹霓，今独少卑之，何也？"紫微不复言，送之江津。别去才两旬，而得湖阴之讣矣。

紫微盖于此绝笔。阮是时亦自有二十八字，曰："昭陵龙去奎文在，万岁灵杉守百神。四十二年真雨露，山川草木至今春。"紫微大击节，自以为不及。既而复过是寺，又题其碑阴曰："碧纱笼底墨才干，白玉楼中骨已寒。泪尽当时联骑客，黄花时节独来看。"亦纡徐有味云。阮所作诗号《义丰集》，刻江泮，其出于蓝者盖鲜，校官冯椅为之序。

琵琶亭术者

淳熙己酉，哲文倦勤，诏以北宫为重华宫。光宗既登极，群臣奉表请以诞圣日为重明节，如故事。时先君召还省闼，过乡邦，维舟琵琶亭。新暑初袢，小憩亭上，有术者以拆字自名，过矣。因漫呼问家人字迹，多奇中。命饮之酒，忽作而曰："近得邸报乎？'重华''重明'非佳名也。其文皆'二千日'，兆在是矣。"先君掩耳起立，亟以数镮谢遣之。既而甲寅之事，果如其言。此与太平兴国一人六十之谶无异。岂天道证应，固有数乎？抑符合之偶然也。

汴京故城

开宝戊辰，艺祖初修汴京，大其城址，曲而宛，如蚓诎焉。耆老相传，谓赵中令鸠工奏图，初取方直，四面皆有门，坊市经纬其间，井井绳列。上览而怒，自取笔涂之，命以幅纸作大圈，纡曲纵斜，旁注云："依此修筑。"故城即当时遗迹也。时人咸罔测，多病其不宜于观美。熙宁乙卯，神宗在位，遂欲改作，鉴苑中牧豚及内作坊之事，卒不敢更，第增陴而已。及政和间蔡京擅国，亟奏广其规，以便宫室苑囿之奉，命宦侍董其役。凡周旋数十里，一撤而方之如矩，墉堞楼橹，虽甚藻饰，而荡然无曩时之坚朴矣。一时迄功第赏，侈其事，至以表记，两命词科之题，概可想见其张皇也。靖康胡马南牧，粘罕、斡离不扬鞭城下，有得色，曰："是易攻下。"令植炮四隅，随方而击之。城既引直，一炮所望，一壁皆不可立，竟以此失守。沉幾远睹，至是始验。宸笔所定图，承平时藏秘阁，今不复存。

施宜生

施宜生，福人也。少游乡校，有僧过焉，与之言，引之鳣堂下。风檐杲日，援手周视曰："余善风鉴，子有奇相，故欲验予术耳。归，它日当语子。"又数年，过诸涂，宜生方踬场屋，不胜困，欲投笔，漫征前说，以所向扣之。僧出酒一壶，与之藉草饮，复援其手曰："面有权骨，可公可卿，而视子身之毛，皆逆上，且覆腕。然则必有以合乎此，而后可贵也。"时范汝为讧建剑，宜生心欲以严庄、尚让自期，而未脱诸口，闻其言大喜，杖策径谒，干以秘策。汝为恨得之晚，亟尊用之。亡何而汝为败，变服为佣，渡江至泰。有大姓吴翁者，家僮数千指，擅鱼盐之饶。宜生佣其间三年，人莫之觉也，翁独心识之。一日，屏人问曰："天下方乱，英雄铲迹，亦理之常。我视汝非佣，必以实告，不然，且捕汝于官。"宜生不服，曰："我服佣事惟恭，主人乃尔置疑，请辞而已。"翁固诘之，则请其故。翁曰："汝动作皆佣，而微有未尽同者。余日者燕客，执事咸馂，而汝独孙诸侪，撤器有噫声，若歆然不怡，此鱼服而角也。我固将全汝，而何以文为？"宜生惊汗，亟拜曰："主实生我，不敢匿。"遂告之繇。翁曰："官购方急，图形遍城野，汝安所逃？龟山有僧，可托以心，余交之旧矣。介以入北，策之良也。"从之。翁赆之金，隐之衲。至寺，服缁童之服以求纳。主僧者出，俨然乡校之所见也，启缄而留之。余数旬，持桡夜济宜生于淮，曰："大丈夫富贵命耳！予无求报心，天实命汝，知复如何，必得志，毋忘中国。逆而顺，天所祐也。"虏法：无验不可行。遂杀一人于道，而夺其符，以至于燕。上书自言道国虚实，不见用，縻而致之黄龙。会赦得释，因以教授自业。虏有附试畔归之士，谓之"归义"，试连捷。逆亮时有意南牧，校猎国中，一日而获熊三十六，廷试多士，遂以命题，盖用唐体。宜生奏赋曰："圣天子讲武功，云屯八百万骑，日射三十六熊。"亮览而喜，擢为第一。不数年，仕至礼部尚书。绍兴三十年，虏来贺正旦，宜生以翰林侍讲学士为之使。朝廷闻之，命张忠定焘以吏部尚书侍读，馆之都亭。时戎盟方坚，国备大弛，而谍者传造舟调兵之事无虚日，上意不深信。馆者因以首丘风之，至天竺，微问其的。宜生顾其介不在旁，忽廋语曰：“今日北风甚劲。”又取几间笔扣之，曰：“笔来！笔来！”于是始大警。及高景山告衅，而我粗有备矣，宜生实先漏师焉。归，为介所告，烹而死。宜生方显时，龟山僧至其国，言于亮而尊显之，俾乘驿至京，东视海舟，号“天使国师”，不知所终。僧踪迹有异，淮人能言之。出入两境如跳河，轻财结客，又有至术，髡而侠者也。逆而显，顺而戮，岂其相然耶！椎埋于先，一折枝而赎其恶，固神理之所不容也。国史逸其事，余闻之淮士臧子西如此。

晋盆杅

余居负山，在湓城之中。先君未卜筑时，尝为戎帅皇甫斌宅。斌归于袁，虚其室。山有坚土，凡市之涂塈版筑，咸得而畚致之。无孰何者，遂罄其半，独余一面壁立。余家既来，始厉其禁，而山已不支。庆元元年五月，大雨隤其巅，古冢出焉。初仅数甓流下，其上有刻如瑞草，旁著字曰：“晋永宁元年五月造。”又有匠者姓名曰张某，下有文如押字。隶或得之以献，莫知所从来。居数日而山隤，塈周半堕，骨发棺椁，皆无存矣。两旁列瓦碗二十余，左壁有一灯，尚荧荧，取之即灭。犹有油如膏，见风凝结不可抉。碗中有甘蔗节，它皆已化。有小瓷瓶，如砚滴，窍其背为虾蟆形，制甚朴。足下有一瓦盆，如亵器。有铜带数銙，髹合。余者一片傅木，如铁。有半镜。一铜盆绝类今洗罗，殊无古制度，中有双鱼，盆底有四镮附著，不测其所以用。一铜杅穴底，与市井庖人汁器同制。每甓著年月姓名，如先获者，环塈皆是。碣曰：“晋征虏将军墓。”余既哀而掩之，既数日复雨，山无址，竟埋焉。余考《晋书》，永宁盖惠帝年号，距今九百余载。是时盖未有城郭，征虏之名，汉虽有之，在晋以此官显者，不著于史，又无名氏可见。甓范必有字，古人作事，如此不苟。押字之制，世以为起于唐韦陟五朵云，而不知晋已有之。余固疑其似而非，又不可强识，亦可异也。凡物皆腐，而灯烛尚明，骊山人鱼之说，固容有之。萧统《文选·吊冥漠君文》，亦有蔗，意其淆核之所重云。陶器以再隤皆碎裂，余或为亲识间持去。盆杅仅在，而余侍亲如闽，留于家。丙辰岁，诏禁挟铜者。州家大索以输严之神泉监，家人惧，杅复偕送官，独盆偶椟它所，今乃岿然存。其出其毁，要必有时，亦重可叹也。因志于此，以俟博识。

卷第二十四则

行都南北内

行都之山，肇自天目。清淑扶舆之气，钟而为吴。储精发祥，肇应宅纬。负山之址，有门曰朝天。南循其陉为太宫，又南为相府。斗拔起数峰，为万松八盘岭。下为钧天九重之居，右为复岭，设周庐之卫止焉。旧传谶记曰："天目山垂两乳长，龙骞凤舞到钱塘。山明水秀无人会，五百年间出帝王。"钱氏有国，世臣事中朝，不欲其语之闻，因更其末章三字曰"异姓王"以迁就之，谶实不然也。东坡作《表忠观碑》，特表出其事，而谶始章。建炎元二之灾，六龙南巡，四朝奠都，帝王之真，于是乎验。朝天之东，有桥曰望仙，仰眺吴山，如卓马立顾。绍兴间，望气者以为有郁葱之符。秦桧颛国，心利之，请以为赐第。其东偏即桧家庙，而西则一德格天阁之故基也。非望挺凶，鬼瞰其室。桧薨于位，熺犹恋恋，不能决去，请以其侄常州通判烜为光禄丞，留莅家庙，以为复居之萌芽。言者风闻，遂请罢烜，并迁庙主于建康，遂空其居。高宗将倦勤，诏即其所筑新宫，赐名"德寿"居之，以膺天下之养者二十有七年，清跸躬朝，岁时烨奕，重华继御，更"慈福"、"寿慈"，凡四侈鸿名，宫室实皆无所更。稍北连薨，为今佑圣观，盖普安故邸。庄文魏王、光宗皇帝，实生是间，今上亦于此开甲观之祥。益知天瑞地灵，章明有待，斗筲负乘，固莫得而妄据云。

犇麤字说

王荆公在熙宁中，作《字说》，行之天下。东坡在馆，一日因见而及之，曰："丞相赜微窅穷，制作某不敢知，独恐每每牵附，学者承风，有不胜其凿者。姑以'犇'、'麤'二字言之，牛之体壮于鹿，鹿之行速于牛，今积三为字而其义皆反之，何也？”荆公无以答，迄不为变。党伐之论，于是浸闿。黄冈之贬，盖不特坐诗祸也。

李顺吴曦名谶

淳化四年十二月，蜀寇王小波死，李顺继之。明年正月己巳，即蜀王位。五月丁巳，两川招安使王继恩克成都，顺就擒。开禧三年正月，大将吴曦叛蜀，归款于虏；甲午，即蜀王位；丁酉，受虏册。二月乙亥，随军转运安丙奉密诏枭曦于兴州。说者析“顺”字，谓居“川”之傍一百八日；折“曦”字，谓“三十八日，我乃被戈”。较其即位、受册之日，不差毫发，又俱终始于蜀。嘻！亦异矣。

隆兴按鞠

隆兴初，孝宗锐志复古，戒燕安之鸩，躬御鞍马，以习劳事。仿陶侃运甓之意，时召诸将击鞠殿中，虽风雨亦张油帟，布沙除地。群臣以宗庙之重，不宜乘危，交章进谏，弗听。一日，上亲按鞠，折旋稍久，马不胜勚，逸入庑间，檐甚低，触于楣。侠陛惊呼失色，亟奔凑，马已驰而过。上手拥楣，垂立，扶而下，神彩不动，顾指马所往，使逐之。殿下皆称万岁，盖与艺祖抵城挽鬃事，若合符节。英武天纵，固宜有神助也。

东坡属对

承平时，国家与辽欢盟，文禁甚宽，辂客者往来，率以谈谑诗文相娱乐。元祐间，东坡实膺是选。辽使素闻其名，思以奇困之。其国旧有一对曰“三光日月星”，凡以数言者，必犯其上一字，于是遍国中无能属者。首以请于坡，坡唯唯谓其介曰：“我能而君不能，亦非所以全大国之体。‘四诗风雅颂’，天生对也，盍先以此复之。”介如言，方共叹愕。坡徐曰：“某亦有一对，曰‘四德元亨利’。”使睢盱，欲起辨，坡曰:“而谓我忘其一耶? 谨阏而舌,两朝兄弟邦,卿为外臣,此固仁祖之庙讳也。”使出不意,大骇服。既又有所谈,辄为坡逆敚,使自愧弗及,迄白沟,往反龂舌,不敢复言他。

富翁五贼

东阳陈同父资高学奇,跌宕不羁。常与客言,昔有一士,邻于富家,贫而屡空,每羡其邻之乐。旦日,衣冠谒而请焉。富翁告之曰:“致富不易也。子归斋三日,而后予告子以其故。”如言复谒,乃命待于屏间,设高几,纳师资之贽,揖而进之,曰:“大凡致富之道,当先去其五贼。五贼不除,富不可致。”请问其目,曰:“即世之所谓仁、义、礼、智、信是也。”士卢胡而退。同父每言及此,辄掀髯曰:“吾儒不为五贼所制,当成何等人耶!”既魁癸丑多士,一命而卒。先一年,尝以诖误系大理。光宗知其名,特诏赦之。是岁胪传,有因廷策指时政之失而及其事者,名亦在鼎甲,联镳入团司,同父见之不悦,终期集如始见云。

太学祭斋碑

国学以古者五祀之义,凡列斋扁榜,至除夕,必相率祭之。遂以为炉亭守岁之酌,祝辞惟祈速化而已。群儒执事者,帽而不带,以绦代之,谓之“叨冒”。爵中皆有数鸭脚,每献则以酒沃之,谓之“侥幸”。凡今世之登科级者,人或窃以此目之,则怫然而怒。孰知堂堂成均,乃有愿而不获者乎? 余谓不然。蜡狂之戏,以弛张观之,可也。余里士柳三聘肄业立礼斋,尝为余言如此。

泉江三地名

余外家居泉之石龟,其傍有天圣间皇城使苏某者墓,后垅中断,田其间,曰“狗骨洋”。九江陶氏有骁卫将军鉴墓于石龙山之原,山折而南，沟而绝之，曰“掘断岭”。石门涧有支阜，下至落掩山，据其支之腰皆田，田中有大畦焉，砥平而高，可播种石余，曰“铜钉丘”。传者谓其地有休符，太史尝占之，以闻于朝，有诏夷铲。洋故有神，工每欲成，辄役万鬼而填之，役夫不得休。有宿其傍者，闻鬼言，以为所畏者犬厌耳。遂烹群犬而置骨焉，钉以铜，为书符篆以绝地脉。或曰杀童男女瘗其下为厌胜，是为童丁，说皆不根诞谩。然余尝亲历其地，丘乃一平畴，在大畈中支阜之下，犹十余里，所止处初无冢穴，莫知其所以用。洋与岭俱隐然有锄治故迹，耕者或谓得骨于故处。考之业主之质剂，则地名皆信然，殊不可晓。清台考验，近世罕有精者。妄一男子，谓某所有某气，辄随而发之，戕人用牲，劳民以夷堙，诖应于恍惚，固清朝之所不为也。他所如此名者，比比而是。要皆山有偶然低洼，相袭而益讹。考之载籍，皆无所见。惟《续皇王宝运录》有唐金州刺史崔尧封，用太白山人之说，掘牛山黄巢谷金桶水一事，不书于唐史，盖不经之说。而余所书崇宁凿阜城王气，仅杂见于野史云。

牧 牛 亭

金陵牧牛亭，秦氏之丘垅在焉。有移忠、旌忠寺，相去五里，金碧相照，杨诚斋尝乘轺过之，题诗壁间，曰：“函关只有一穰侯，瀛馆宁无再帝丘？天极八重心未死，台星三点拆方休。只看壁后新亭策，恐作移中属国羞。今日牛羊上丘垅，不知丞相更嗔不？”复自注其下云：“秦暮年起大狱，必杀张德远、胡邦衡等五十余人，不知诸公杀尽，将欲何为？奏垂上而卒。故有‘新亭’之句。然初节似苏子卿，而晚谬。”余尝过其地，二刹正为其家不检子孙所挠，主僧相继而逃去。有一支位者主之，以寺归之官，刻大碑于门，不许其家人之与其事，始稍复振。桧墓前队碑，宸奎在焉，有其额而无其辞。卧一石草间，曰：“当时将以求文，而莫之肯为，今已矣！”桧在虏，不久即逃归，挞辣实纵之，不知何以似子卿也？

黠鬼酝梦

清漳杨汝南少年时，以乡贡试临安，待捷旅邸。夜梦有人以油沃其首，惊而寤。榜既出，辄不利。如是者三，窃怪之。绍兴乙丑，复与计偕，惧其复梦也。榜揭之夕，招同邸者告以故，益市酒淆，明烛张博具，相与剧饮，期以达旦。夜向阑，四壁咸寂，有仆曰刘五，卧西牖下，呻呼如魇。亟振而呼之醒，乃具言：初以执灸之勚，视博方酣，幸主之不呼，窃就枕。忽有二人者扛油鼎自楼而登，仓皇若有所访，顾见主之在坐也，执而注之，我怒而争，是以魇。汝南闻之大恸，曰："二千里远役，今复已矣！"同邸亦相与叹咤，为之罢博。及明，漫强之观榜，而其名俨然中焉。视榜陈于地，黯若有迹，振衣拂之，油渍其上。盖御史莅书淡墨，以夜仓猝覆灯碗，吏不敢以告也。宛陵吴胜之柔胜，淳熙辛丑得隽于南宫，将赴廷对。去家数十里，有地名曰朱唐，舟行之所必经。里之士夜梦有语之者曰："吴胜之入都，至朱唐而反矣。"起而告诸人，时吴有亲在垂白，意其或尼于行也，私忧之，既而无他。集英赐第，乃在第三甲，上曰朱端常，联之者曰唐廙，始悟所梦。里士怒曰："吴胜之登科，何与我事？鬼乃侮我耶！"二事绝相类。要知科第有定分，非可以智力求也。唐有升甲恩，今《登科记》非元次第云。汝南，余外祖母杨宜人之兄，外家能诵传之。嘉定庚午，余官故府，与胜之为僚，皆亲闻其言。

望江二翁

舒之望江，有富翁曰陈国瑞，以铁冶起家。尝为其母卜地，青乌之徒辐集，莫适其意。有建宁王生者，以术闻，延之逾年，始得吉于近村，有张翁者业之。国瑞治家，未尝问有无，一以诿其子。王生乃与其子计所以得地，且曰："陈氏卜葬，环数百里莫不闻，若以实言，则龙断取赀，未易厌也。"于是伪使其冶之隶，如张翁家，议圈豕，若以祷者，因眺其山木之美而誉之曰："吾冶方乏炭，此可窑以得赀，翁许之乎？"张翁固弗疑也，曰："诺！"居数日，复来，遂以钱三万成约。国瑞始来，相其山，大喜，筑垣缮庐，三阅月而大备，遂葬之。明年清明，拜墓上，王与子偕，忽顾其子曰："此山得之何人？厥直凡几？"子以实告。又顾王曰："使不以计胜，则为直当几何？"曰："以时贾商之，虽廉，犹三十万也。"国瑞亟归，命治具鞚马，谒张翁而邀之，至则馆焉。盛淆酝，相与款洽者几月，语皆不及他。翁既久留，将告归，复张正堂而宴之。酒五行，辇钱缗三百，置之阼，实缣于篚，酌酒于斝而告之曰："予葬予母，人谓其直之朘，请以此为翁寿。"翁错愕曰："吾他日伐山，而薪不盈千焉，三万过矣，此恶敢当？"国瑞曰："不然！葬而买地，宜也；诡以为冶，则非也。余子利一时之微，以是绐翁。人皆曰直实至是，用敢以为请，凡予之为，将以愧吾子之见利忘义者。"翁卒辞曰："当时固已许之，实又过直，子欲为君子，老夫虽贱，可强以非义之财耶！"固授之，往反撑拒，诘旦拂衣去。国瑞乃怒其子曰："汝实为是，必为我致之！"不得已，密召其子畀焉，曰："是犹翁也。"翁竟不知。嗟夫，世之人以市道相交，一钱之争，至于死而不悔，闻二人之风，亦可以少愧乎！

刘改之诗词

庐陵刘改之过以诗鸣江西，厄于韦布，放浪荆、楚，客食诸侯间。开禧乙丑，过京口，余为饷幕庾吏，因识焉。广汉章以初升之，东阳黄几叔机，敷原王安世遇，英伯迈，皆寓是邦。暇日，相与跖奇吊古，多见于诗，一郡胜处皆有之。不能尽忆，独录改之《多景楼》一篇曰："金焦两山相对起，不尽中流大江水。一楼坐断天中央，收拾淮南数千里。西风把酒闲来游，木叶渐脱人间秋。关河景物异南北，神京不见双泪流。君不见王勃词华能盖世，当时未遇庸人耳。翩然落托豫章游，滕王阁中悲帝子。又不见李白才思真天人，时人不省为谪仙。一朝放迹金陵去，凤凰台上望长安。我今四海游将遍，东历苏杭西汉沔。第一江山最上头，天地无人独登览。楼高意远愁绪多，楼乎楼乎奈尔何！安得李白与王勃，名与此楼长突兀。"以初为之大书，词翰俱卓荦可喜，嘱余为刻楼上，会兵事起，不暇也。又嘉泰癸亥岁，改之在中都，时辛稼轩弃疾帅越，闻其名，遣介招之。适以事不及行，作书归辂者。因效辛体《沁园春》一词，并缄往，下笔便逼真。其词曰："斗酒彘肩，醉渡浙江，岂不快哉！被香山居士，约林和靖，与苏公等，驾勒吾回。坡谓西湖正如西子，浓抹淡妆临照台。诸人者，都掉头不顾，只管传杯。

白云天竺去来，图画里，峥嵘楼观开。看纵横二涧，东西水绕，两山南北，高下云堆。逋曰不然，暗香疏影，只可孤山先探梅。蓬莱阁访稼轩未晚，且此徘徊。"辛得之大喜，致馈数百千，竟邀之去。馆燕弥月，酬唱亹亹，皆似之，逾喜。垂别，赒之千缗，曰："以是为求田资。"改之归，竟荡于酒，不问也。词语峻拔，如尾腔对偶错综，盖出唐王勃体而又变之。余时与之饮西园，改之中席自言，掀髯有得色，余率然应之曰："词句固佳，然恨无刀圭药，疗君白日见鬼证耳！"坐中烘堂一笑。既而别去，如昆山，大姓某氏者爱之，女焉。余未及瓜，而闻其讣。以初后四年来守九江，以忧免，至金陵亦卒。游从历历在目，今二君墓木拱矣，言之于邑。

金华士人滑稽

叶丞相衡罢相，归金华里居，不复问时事，但召布衣交，日饮亡何。一日，觉意中忽忽不怡，问诸客曰："某且死，所恨未知死后佳否耳？"一士人在下坐，作而对曰："佳甚！"丞相惊顾，问何以知之，曰："使死而不佳，死者皆逃归矣。一死不反，是以知其佳也。"满坐皆笑。明年，丞相竟不起。王中父观之宰德化，暇日为余戏言。士人姓金，滑稽人也。

贤已图

元祐间，黄、秦诸君子在馆，暇日观画，山谷出李龙眠所作《贤已图》，博弈、樗蒲之俦咸列焉。博者六七人，方据一局，投迸盆中，五皆琭，而一犹旋转不已，一人俯盆疾呼，旁观皆变色起立，纤秾态度，曲尽其妙，相与叹赏，以为卓绝。适东坡从外来，睨之曰："李龙眠天下士，顾乃效闽人语耶！"众咸怪，请其故，东坡曰："四海语音言六皆合口，惟闽音则张口，今盆中皆六，一犹未定，法当呼六，而疾呼者乃张口，何也？"龙眠闻之，亦笑而服。

卷第三八则

岁星之祥

建炎庚戌，狄骑饮海上。躬御楼船，次于龙翔。秋，驻跸会稽。时虏初退，师尚宿留淮、泗，朝议凛凛，惧其反旆，士大夫皆有杞国之忧。范丞相宗尹荐朝散大夫毛随有甘石学，有诏赴行在所。随入对言："按《汉志》：岁星所在，国不可伐。昔汤之元祀，岁星顺行，与日合于房。房心，宋、亳分也。周武王至丰之明年，岁星顺行，与日合于柳，留于张。柳、张，河、洛分也。故汤征无敌，余庆虵衍，犹及微子。武王定鼎郏、鄏，而周公迄营成周，四方以无侮。今年冬，岁当躔而兴宋，自此虏必不能南渡矣。然御戎上策，莫先自治，愿修政以应天道。"上大喜，既而果不复来。绍兴辛巳，逆亮渝盟。有上封者言吾方得岁，虏且送死。诏以问太史，考步如言。陈文正康伯当国，请以著之亲征诏书，故其辞有曰："岁星临于吴分，冀成淝水之勋；斗士倍于晋师，当决韩原之胜。"盖指此。是冬，亮遂授首。二事之验，不差毫厘。盖宋，国之号，而吴则今时巡之所都。天意笃棐，于是益昭昭矣。随家衢之江山，后亦不显。

梓潼神应

逆曦将叛，前事之数月，神思昏扰，夜数跃起，寝中叱咤四顾，或终夕不得寝，意颇悔，欲但已。其弟𤩽力怂恿之，曰："是谓骑虎，顾可中道下耶?"曦家素事梓潼，自玠、璘以来，事必祷，有验。乃斋而请。是夕，梦神坐堂上，已被赭玉谒焉。因告以逆，且祈卜年之修永。神不答，第曰："蜀土已悉付安丙矣。"既寤，大喜，谓事必遂。时安以随军漕在鱼关驿，召以归，命以爰立。安顾逆谋坚决，触之且俱靡，惟徐图可以得志，不得已诺之。犹辞相印，遂以丞相长史权知都省事授之。居逾月，而成获嘉之绩，梓潼在蜀，著应特异。绍兴壬子，泸人杀帅张孝芳，盖尝正昼见于阅武堂，逆党怔溃，以迄天诛。相安之梦，得之蜀士；泸之变，在京魏公镗帅蜀时。庆元己未，余在中都亲闻之。其他盖不可缕数云。

机心不自觉

秦桧在相位，颐指所欲为，上下奔走，无敢议者。曹泳尹天府，民间以乏见镪告，货壅莫售，日嚣而争，因白之桧。桧笑曰："易耳！"即席命召文思院官，未至，趣者络绎奔而来，亟谕之曰："适得旨，欲变钱法。烦公依旧夹锡样铸一缗，将以进入，尽废见镪不用。"约以翌午毕事。院官不敢违，唯而退，夜呼工鞴液，将以及期。富家闻之大窘，尽辇宿藏，争取金粟，物贾大昂，泉溢于市。既而样上省，寂无所闻矣。都堂左揆阁前有榴，每著实，桧嘿数焉。忽亡其二，不之问。一日，将排马，忽顾谓左右取斧伐树。有亲吏在旁，仓卒对曰："实甚佳，去之可惜。"桧反顾曰："汝盗吾榴。"吏叩头服。盖其机阱根于心，虽嵬琐弗自觉，此所谓莫见乎隐者，亦可叹也！

馆娃语溪

灵岩、中宫为苏、永胜概，吊古者多诗之。近世王义丰、杨诚斋为之赋，植意卓绝，脱去雕篆畦畛。余得之王英伯录藏焉。义丰赋馆娃曰："泛浮玉之北堂，得馆娃之遗基；从先生而游焉，揖夫差而吊之。或曰：'是可唾也，奚以吊为哉！'夫沉湎以丧国，固君人之失道；然而有钟鼓者，胡可以弗考；闻管籥者，民喜而相告。苟厥妃之当爱，惟恐王之不好矣，是则女乐亦可少乎！必曰：夏有末喜，商有妲己，周有褒姒，而吴以西子。苟求其故，未必专于此也。齐有六嬖，威公以兴；正而不谲，圣人称焉。非夫九合一正之业，得仲父以当其任，则其一己之内，少有以自适者，举不足以害成耶！关大夫进，夏德岂昏；微子得政，商岂秽闻。苏公、家父并用，则烽火岂得妄举；子胥不见戮，则吴之离宫、别馆，至于今可存。抑夫差之资异，在列国亦翘楚，一战而越沮，再会而诸侯惧。使仅得一中佐，置双翼于猛虎，惟自剖其骨鲠，而放意于一女。敌乘其间，无以外御，杯酒之失何足问，独为此邦惜杀士之举也。此士不遭杀，夫差不可愚。苎罗之姝，适足为我娱，胡得而窃吾之符？荣栖可居，适足华吾庐，胡足以隳吾之都？惟忠良之既诛，始猖狂而自如。台兮姑苏，舟兮太湖；食兮鲙鲈，曲兮栖乌。宿兮嫔嫱，修明兮夷光；二八兮分明，捧心兮专房。径兮采香，屧兮响廊；笑倚兮玉床，奈乐兮东方。稻蟹种兮不遗，争盟兮黄池；无人兮箴规，有仇兮相窥。至德之庙，遂为禾黍；悉陂池与台榭，倏一变而梵宇。入笙歌于海云，令声钟而转鼓；俨麛鹿之容与，瞰僧仪而观睹。骇越垒以在望，奚五戎之阅武；松引韵以呜咽，柳颦眉而凝伫。山黯黯兮失色，水汹汹兮暴怒；追此谬于千里，本差之于毫厘。譬之养生，捐其良医，逮疾作于中夜，懵药石之不知。志士仁人，所为太息于斯焉，盖尝反覆于此。窃谓种、蠡，亦可哂也。勾践方明，举国以听；十年生聚，十年教训；以此众战，何伐不定？何至假负薪之女，为是可耻之胜哉！始其土城，诲淫自君；终焉五湖，合欢其臣。青溪之典不正，金谷之义不立；滮滮扁舟，遂其全璧。使之脱鼎中之鱼，而群沙头之鹭；返耶溪之莲，而吐洞庭之橘。窃谓越之君臣何其陋于此役也？越则陋矣，吴亦太庸。士目既抉，夫谁纳忠？可罪人之亡已，其自反而责躬乎！公既然痽，相与敛容；起视四山之中，觉萧萧兮悲风。”诚斋赋浯溪曰：“予自二妃祠之下，故人亭之旁，招招渔舟，薄游三湘。风与水兮俱顺，未一瞬而百里；嶔两峰之际天，俨离立而不倚：其一怪怪奇奇，萧然若仙客之鉴清漪也；其一蹇蹇谔谔，毅然若忠臣之蹈鼎镬也。怪而问焉，乃浯溪也。盖唐亭在南，峿台在北；上则危石对立而欲落，下则清潭无底而正黑；飞鸟过之，不敢立迹。余初勇于好奇，乃疾趋而登之；挽寒藤而垂足，照衰容而下窥。余忽心动，毛发森竖；乃迹故步，还至水浒；削苔读碑，慷慨吊古。倦而坐于钓矶之上，喟然叹曰：惟彼中唐，国已膏肓；匹马北方，仅或不亡。观其一遇不父，日杀三庶，其人纪有不斁矣夫！曲江为箧中之羽，雄狐为明堂之柱，其邦经有不蠹矣夫！水、蝗税民之亩，融、坚椎民之髓，其天人之心有不去矣夫！虽微禄儿，唐独不队厥绪哉？观马嵬之威垂，涣七萃之欲离；殪尤物以说焉，仅平达于巴西。吁不危哉！嗟乎，齐则失矣，而楚亦未为得也！灵武之履九五，何其亟也？宜忠臣之痛心，寄《春秋》之二三策也！虽然，天下之事，不易于处而不难于议也。使夫谢奉册于高邑，将禀命于西帝；违人欲以图功，犯众怒以求济。天下之士，果肯欣然为明皇而致死哉？盖天厌不可以复祈，人溃不可以复支；何哥舒之百万，不如李、郭千百之师？推而论之，事可知矣。且士大夫之捐躯，以从吾君之子者，亦欲附龙凤而攀日月，践台斗而盟带砺也。一复莅以耄荒，则夫千麾万旃，一呼如响者，又安知其不掉臂也耶？古语有之：'投机之会，间不容穟。'当是之时，退则七庙之忽诸，进则百世之扬觯。嗟肃宗处此，其实难为之。九思而未得其计也！已而舟人告行，秋日已晏；太息登舟，水驶于箭。回瞻两峰，江苍茫而不见。"义丰赋中称先生，盖时从范石湖成大游。诚斋则以环辙湘、衡，过颜元碑下耳。二地出处本不伦，笔力到处，便觉夫差、肃宗无所逃罪。独恨管子趋霸之说，不可以训，如为唐谋则忠。今两刹中皆无此刻，而醒梦复语，往往满壁间云。

天子门生

盘石赵逵，以绍兴辛未魁集英之唱。后三年，以故事召归为校书郎。时秦桧老矣，怙权杀天下善类以立威，搢绅胁息。赵至，一见光范，桧适喜，欲收拾之。问知其家尚留蜀，曰："何不俱来？"赵对以贫未能致，桧顾吏嗫嚅语，有顷，奉黄金百星以出，曰："以是助舟楫费。"赵出不意，力辞之。吏从以出。同舍郎或劝以毋咈桧意者，赵正色曰："士有一介不取，予独何人哉！君谓冰山足恃乎？"劝者缩颈反走。吏不得已归，犹不敢以其言白。桧已不乐，居久之，语浸闻，桧大怒曰："我杀赵逵，如猕狐兔耳。何物小子，乃敢尔耶！"风知临安府曹泳，罗致其隶辈，而先张本于上曰："近三馆士不检，颇多与宫邸通，臣将廉之，其酝祸不浅矣。"会得疾，十月而有绛巾之招。高宗更化，微闻其事。十一月，亟诏兼官朱邸，继复召对，擢著作佐郎，谓之曰：“卿乃朕自擢，秦桧日荐士，曾无一言及卿，以此知卿不附权贵，真天子门生也。”又曰：“两王方学诗，冀有以切磋之。”上意盖欲以此破前谤。赵之未召，实为东川佥幕。总领符行中有子预荐，意其为类试官，密以文属之。赵不启缄，掷几下。既而符氏子不预榜，总因以他事摭之甚峻，然卒不能涴。赵之介特有守，盖已见于初筵云。

姑苏二异人

姑苏有二异人，曰何蓑衣、曰呆道僧，踪迹皆奇诡。淳熙间名闻一时，士大夫维舟者，率往访之。至今吴人犹能言其大略。何本淮阳朐山人，书生也。祖执礼，仕至朝议大夫，世为鼎族，遭乱南来，寓于郡。尝授业于父，已能文。一旦焚书裂衣遁去，人莫之知。既乃归，被草结庐于天庆观之龙王堂，佯狂妄谈，久而皆有验。卧草中，不垢不秽。晨必一至吴江，溲焉。郡至吴江五十里，往反不数刻，人固讶之。会有一瘵者，拜谒乞医，何命持一草去，旬而愈，始翕然传蓑可愈病。亦有求而不得，随辄不起者，于是远近稍敬异之。孝宗在位，忽梦有蓑而跣、哭而来吊，问之，曰：“臣，苏人也。”诘其故，则不肯言。寤以语左珰，时上意颇崇缁抑黄，弗深信也。居月余，成恭后上仙，庄文继即世。珰因进勉释而及之，意欲以验前定、宽上心。上矍然忆昨梦，辍泣而叹。珰进曰：“臣微闻苏有何姓者，类其人，它日固未敢言。”因道其所为，上大惊，有诏谕遣，不至。上尝燕居深念，以规恢大计，累年未有所属；且坤仪虚位，图所以膺佐馈承颜之重者，焚香殿中，默言曰：“何诚能仙，顾必知朕意。”遂授珰以香茗，曰：“汝见何，则致贽而已，问所以来，则曰：‘陛下自祷，我不及知。’视其何以复命。”珰承命惟谨。何忽掉首吴音曰：“有中国人，即有蕃人，有日即有月，不须问。”趣之去，既复呼还曰：“所问者姓，我犹忘之；但言朱家例子，不可用也。”使者归奏，上曰：“是能知我心。”遂赐号通神先生，筑通神庵于观之内，亲御宝跗书扁以宠之。已而，成肃正中宫，归谢氏，盖本朝故事。惟钦成本姓崔，后育任氏、朱氏，既而惟从朱姓，不复归，上意尝欲以为比而未决也；北伐之议，亦少息焉。先是，观中诸黄冠，以殿宇既毁，欲试其验，群造其庐，拜且白之："何从求疏轴？"主者谩以与，何笑曰："来日自有施者。"至午，使者果来；既答，则曰："我不能入觐，以此累使者。"上闻而益奇之。会浙西赵宪伯骕亦为之请，遂肆笔金阙寥阳殿额，出内帑缗钱万，绘事一新，以答其意。上每岁以珰将命，即其居设千道斋，合云水之士，施予优普。一岁偶逾期，咸讶而请，亟起于卧，摇手瞬目而招之曰："亟来！亟来！"珰是日舟至平望，乃见何在岸浒，招而呼。踵庐言之，众白何固未尝出也，因言所以，其状良是。呆道僧者，实本郡人，为兵家子。少有所遇，何旧与之友狎。不知几何时，髡而鬑，曰似道似僧，故曰道僧。状不慧，而言发奇中，与何颉颃。好荡游市井间，见人必求钱，止于三，随即与之贫者。何既不趋召，它日珰或荐道僧，上欲见之，何挽呼不使去，曰："是将捉汝、缚汝、监汝、不容汝来矣。"道僧竟来，见于内殿，不拜，所言不伦。上狎之，使出入勿禁，且命随龙人元居实总管者馆之。元惧其逃，猝无以应上命，果日使十人从之，所至不舍。逾年，归见何，何以杖诟逐之；至死，讫不与接一谈。重华倦勤，复使召之，不肯就，邀守万端，三年而致之。绍熙甲寅春，道僧入北内，坐榻前曰："今日六月也，好大雪。"侍珰咸笑，顾曰："尔满身皆雪，而笑我狂耶！"相与罔测，亦莫以为意。至季夏八日，而至尊厌代矣，缟素如言焉。二人勇于啖肉，食至十数斤，独皆不饮酒，亦不言其所以然也。何又能耐寒暑。余兄周伯言：有元某者，丙午岁七十矣，尝言自丱角见之，颜色无少异。苏有妄道士，日从之游，将仿其为，何不怒，独冒雪驰至垂虹而浴，道士不能偕，惭而去。余兄往见之，颇能言宦历所至，酷不喜韩子师，方为守，千骑每来，则提击而骂之，亦有人所不堪者。子师素严厉，于此不以为忤也。道僧先数年卒。何，庆元间犹在，相传百余岁矣。洪文敏《夷坚》辛志、乙、三志亦杂载其事，虽微不同，要皆履奇行怪，有不可致诘者，故著之。

赵希光节概

吴畏斋猎谕蜀，有邛守杨熹者，颇从辅轩，狃所闻，因道资中赵希光节概甚悉。余兄德夫，时从幕府，得其书以示余。杨之言曰："赵昱，字希光，淳熙宰相卫公雄之子。少苦学，以司马、周、程氏为师，每谓存天性之谓良贵，充诸已之谓内富，故漠然不以利禄动其心。出仕二十余年，仅一磨勘，历任不满三考，其恬退如此。洒扫一室，左图右书，尽昼夜积日月不舍，终身弗改。先是，卫公相孝宗皇帝，一日奏事，上从容语及郑丙，曰：'郑丙不晓事。问他吴挺，乃云：小孩儿解甚底！'卫公曰：'以大将比小儿，丙诚不晓事。然以臣见，挺虽有所长，亦有所短。'上曰：'何故？'公曰：'为人细密警敏，此其所长；然敢于欺君父，又恃其险巧，而愚弄士大夫，此其所短。但朝廷用之，不得其地。'上曰：'何谓不得其地？'卫公曰：'往年恢复至德顺，中原父老箪食壶浆以迎王师者，肩摩袂接，悉取免敌钱，大失民望，迄以无功。中原之人，至今怨此子深入骨髓，而朝廷乃使之世为西将，西人又以二父故，莫不畏服，挺亦望宣抚之任久矣。蜀虽名三军，二军仅当其偏裨，虽陛下神武御将，百挺何能为？然古帝王长虑却顾，为子孙万世之计，似不如此。'上大感悟。后挺死，朝廷虽略行其言，已而复故。开禧丁卯，吴曦僭叛，昱每念卫公此语，辄投地大恸，或至气绝不苏。初，欲买舟顺流而东，贼以兵守蜀门，弗果行。于是制大布之衣，每有自关表避乱而归者，辄号泣吊之。亟贻书成都帅臣杨辅，谓逆雏骄竖，干乱天纪。痛哉宗社！哀哉苍生！此直愚呆无知，为虏所啖，逆顺昭然，其下未必皆乐从。肘腋之间，祸将自作，事尚可为，因劝以举义。遂绝粒，至于卧疾不能起，犹昼夜大号，声达于外；置一剑枕间，每举欲自刺，辄为家人捍之而止。如是数四，终不食而死。"熹所纪具是，不复损益。余生虽晚，尚及识卫公父子。纪熙壬子冬，先君捐馆于广，余甫十龄，护丧北归。卫公以宁武之节，来治于洪。余舟过章江，亟命幕属来唁，亲以文奠焉。余已卒无时之哭，因谒棨下，援手言畴昔，歔欷不自胜。顾余甚幼，遣使从先夫人求余程业，颇奇其不慑，赏其词语而怜其蚤孤也。余归，未释经而卫公薨，辆车西溯，余辂希光于琵琶，颀然温厚，今想见之，已足以信熹之传。时方暑，待亭上，亲吏言希光方治养生术，以子午时有所行，谢客，移数晷，乃得见，冲澹无竞，其素也。卫公止一子，希光虽重继体之托，亦无訾云。

稼轩论词

辛稼轩守南徐，已多病谢客。予来筮仕，委吏实隶总所，例于州家殊参辰，旦望贽谒刺而已。余时以乙丑南宫试，岁前莅事仅两旬，即谒告去。稼轩偶读余《通名启》而喜，又颇阶父兄旧，特与其洁。余试既不利，归官下，时一招去。稼轩以词名，每燕，必命侍妓歌其所作。特好歌《贺新郎》一词，自诵其警句曰："我见青山多妩媚，料青山见我应如是。"又曰："不恨古人吾不见，恨古人不见吾狂耳。"每至此，辄拊髀自笑，顾问坐客何如，皆叹誉如出一口。既而又作一《永遇乐》，序北府事，首章曰："千古江山，英雄无觅孙仲谋处。"又曰："寻常巷陌，人道寄奴曾住。"其寓感概者，则曰："不堪回首，佛狸祠下，一片神鸦社鼓。凭谁问：廉颇老矣，尚能饭否?"特置酒召数客，使妓迭歌，益自击节，遍问客，必使摘其疵，孙谢不可。客或措一二辞，不契其意，又弗答，然挥羽四视不止。余时年少，勇于言，偶坐于席侧，稼轩因诵启语，顾问再四。余率然对曰："待制词句，脱去今古轸辙，每见集中有'解道此句，真宰上诉，天应嗔耳'之序，尝以为其言不诬。童子何知，而敢有议？然必欲如范文正以千金求《严陵祠记》一字之易，则晚进尚窃有疑也。"稼轩喜，促膝亟使毕其说。余曰："前篇豪视一世，独首尾两腔，警语差相似；新作微觉用事多耳。"于是大喜，酌酒而谓坐中曰："夫君实中予痼。"乃咏改其语，日数十易，累月犹未竟，其刻意如此。余既以一语之合，益加厚，颇取视其骫骳，欲以家世荐之朝，会其去，未果。是时，润有贡士姜君玉莹中，尝与余游，偶及此，次日携康伯可《顺庵乐府》一帙相示，中有《满江红》作于婺女潘子贱席上者，如"叹诗书万卷，致君人、番沉陆。且置请缨封万户，径须卖剑酬黄犊。恸当年、寂寞贾长沙，伤时哭"之句，与稼轩集中词全无异。伯可盖先四五十年，君玉亦疑之。然余读其全篇，则它语却不甚称，似不及稼轩出一格律。所携乃板行，又故本，殆不可晓也。《顺庵词》今麻沙尚有之，但少读者，与世传俚语不同。

卷第四九则

寿星通犀带

德寿在北内，颇属意玩好。孝宗极先意承志之道，时罔罗人间，以共怡颜。会将举庆典，市有北贾携通犀带一，因左珰以进于内。带十三銙，銙皆正透，有一寿星扶杖立。上得之喜，不复问价，将以为元日寿卮之侑。贾索十万缗，既成矣，傍有珰见之，从贾求金，不得，则擿之曰："凡寿星之扶杖者，杖过于人之首，且诘曲有奇相。今杖直而短，仅至身之半，不祥物也。"亟宣视之，如言，遂却之。此语既闻遍国中，无复售者。余按，《会要》开宝九年二月十九日，召皇弟晋王及吴越国王钱俶，其子惟濬射苑中，俶进御衣、金器、寿星通犀带以谢。带之著于前世者，仅此一见耳。

周梦与释语

余里中士，每秋赋与计偕，贫不能行者，或仰给劝驾。嘉泰辛酉，永嘉周梦与吕龄宰德化，垂满矣，士有以故例请者，弗报。贽以启，束装而俟，又弗报，怒而索其贽。余适谒琴堂，坐间，梦与口占授札吏复之曰："伏承宠翰，见索长笺；爱莫能留，感而且骇。珠玑在侧，固知酬应之难；笔研生尘，未免纾迟之咎。赵客有辞而取璧，楚人敢讶于亡弓。所恨具舟，已及瓜而代去；无由洗眼，观夺锦之归来。更冀恢洪，以基光大。"毕缄，顾余作释语曰："予非摩诃萨埵，乃诸公之提婆达多耳。"余笑莫敢答，士掷其报章于门而去。阍者白之，曰："正自乏楮君，就席以为室间书庋。"无所问，里士不欲名。梦与老儒，自号牧斋，精史学，议论亹亹，起人意表，器局凝重，喜愠不形于色，独微有卜商之短，仕终安丰倅云。

郑广文武诗

海寇郑广，陆梁莆、福间，帆驶兵犀，云合亡命，无不一当百，官军莫能制。自号滚海蛟，有诏勿捕，命以官，使主福之延祥兵，以徼南溟。延祥隶帅阃，广旦望趋府。群寮以其故所为，遍宾次，无与立谭者。广郁郁弗言。一日，晨入未衙，群僚偶语风檐，或及诗句，广矍然起于坐曰："郑广粗人，欲有拙诗白之诸官，可乎？"众属耳，乃长吟曰："郑广有诗上众官，文武看来总一般。众官做官却做贼，郑广做贼却做官。"满坐惭噱。章以初好诵此诗，每曰："今天下士大夫愧郑广者多矣，吾侪可不知自警乎！"

九江二盗

吾乡有周教授者，家太一观前，畜犬数十，皆西北健种，晨绁昏纵，穿窬者无敢睨其藩。一日，起观扃钥有异，发笈空焉。亟集里正视验，迹捕四出，杳莫知所从。居三日，始获之。初，盗得赀分涂，一盗出蛇岗山，将如赣、吉。昼日尝过其下，见道傍梅有繁实，夜渴甚，登木而取之。有蛇隐叶间，伤其指，负伤而逃。至侯溪，则指几如股矣，不能去，卧旅邸中。主人责炊，曰："予无它藏，独余铤银，可斧而售。"既而无砧不可碎，归之。盗又出囊珠，主人念山谷间无售者，时德寿宫中贵人刘奭庐石耳峰下，持以求质。奭曰："姑畀汝万钱，诘朝归汝余金。"奭已闻周氏之盗，意疑其是，驰仆示之，曰："吾家物也。"捕于邸，赃证一网而得，因以迹余党，如言无脱者。又有马屠居城东，为伪券乱真，岁以其券售舒、蕲间。得马驴，驱以归，羹于肆以鬻，尽复出。人但见其驱至日多，售用日侈，莫疑其所自来。适黄有逋寇，黄陂之捕吏即之，疑一夫焉，未察。夫实盗也，觉其意，入肆啜羹，坐而袒裼，自褫其巾，呶于众，哄而出。捕者以其变服，弗之识也。讶其久，商于其徒曰："吾目见其入，今暮矣，杳不再觌，是家非橐盗者乎？"遂偕入搜之，盗则逸去，而伪券之印楮帘臼，俨然皆存。因遂告之官。

夫二盗之彰亦异矣：梅实偶然而藏虺，捕吏无心而得验，天固以此启之耶！抑稔慝当露，适因其所值耶！犬不能吠，诘之以繇，则曰："是夕也，以豚蹄傅麻苎、杂草乌烹之，犬至辄投苎缠药，噤无复声者。"马驴每至，贱贾而售，使门庭翕然嗔咽，既非其所仰，益可肆于廉取，它日语人曰："吾以薄取致厚訾，售之速耳，市人弗觉也。"此盗亦有道者欤！

叶少蕴内制

童贯以左珰幸大观间。缘开边功，建武康节钺，公言弗与，而莫敢撄也。其三年二月，将行复洮州赏，石林叶少蕴在北门，微闻当遂为使相，惧当视草，不能自免，出语沮之。蔡元长颇愧于众论，丁酉锁院，乃自检校司空、奉宁节度，进司徒，易镇镇洮而已。少蕴黾勉奉诏，制出告廷。郑华原素不乐少蕴，摘语贯曰："叶内翰欺公，至托王言以寓微风。"贯问其故，华原曰："首词有云：'眷言将命之臣，宜懋旌劳之典。'凡今内侍省，差一小中官降香，则当曰'将命'；修一处寺观，造数件服用，转官则曰'旌劳'。公以两府故事为宣威，麻辞乃尔，是以黄门辈待公也。又其末云：'若古有训：位事惟能，德因敌以威怀；于以制四夷之命，赏眂功而轻重，是将明八柄之权。'《尚书·周官》分明上面有'建官惟贤'一句不使，却使下一句，谓'公非贤尔，眂功轻重'之语，亦以公之功止于如此，不足直酬赏也。"贯初垂涎仪同，已大失望；闻之赪面，径揖起归，质诸馆宾，俾字字解释而己听之。其言颇符，则大怒，泣诉于祐陵，纳告榻上，竟不受。其年五月戊午，遂以龙学出少蕴汝州，继又落职，领洞霄祠。少蕴时得君甚，中以阴事，始克去之；华原意以轧异己，不知适以张阉宦之威也。少蕴自志其事。以余观之，三公论道官，虽曰检校，亦不若终沮以正之，均为一去云。洞霄在中朝，从官常莅之，不专以处宰执，南渡以后，乃不然也。

宣和御画

康与之在高皇朝，以诗章应制，与左珰狎。适睿思殿有徽祖御画扇，绘事特为卓绝，上时持玩流涕，以起羹墙之悲。珰偶下直，窃携至家，而康适来，留之燕饮，漫出以示，康绐珰入取淆核，辄泚笔几间，书一绝于上，曰："玉辇宸游事已空，尚余奎藻绘春风。年年花鸟无穷恨，尽在苍梧夕照中。"珰有顷出，见之大恐，而康已醉，无可奈何。明日伺间扣头请死，上大怒，亟取视之，天威顿霁，但一恸而已。余尝见王卢溪作《宣和殿双鹊图诗》，曰："玉锁宫扉三十六，谁识连昌满宫竹？内苑寒梅欲放春，龙池水暖鸳鸯浴。宣和殿后新雨晴，两鹊蜚来东向鸣。人间画工貌不成，君王笔下春风生。长安老人眼曾见，万岁山头翠华转。恨臣不及宣政初，痛哭天涯观画图。"卢溪、与之，虽非可伦拟者，第详玩诗语，似不若前作简而有味云。

乾道受书礼

绍兴要盟之日，虏先约，毋得擅易大臣。秦桧既挟以无恐，益思媚虏，务极其至。礼文之际，多可议者，而受书之仪特甚。逆亮渝平，孝皇以奉亲之故，与雍继定和好，虽易称叔侄为与国，而此仪尚因循未改，上常悔之。乾道五年，陈正献俊卿为相，上一日顾问，欲遣泛使直之，且移骑兵于建康，以示北向。会归正人侍旺未遣，虏屡以为言，正献恐召衅，执不可，亟奏曰："臣早来蒙圣慈宣问遣使事，臣已略奏一二。此事臣子素所愤切，便当理会。属今者有疑似之迹，彼必以本朝意在用兵，多方为备。万一先动，吾事力未办，淮西城壁未集，今不若少迟。若专遣使，则中外疑惑，使者既行，只宜便相听许，犹为有名；苟或未从，殊失国体，天下之人以为陛下舍其大而图其小也。适蒙中使降下王弗前此宣旨本末，今遣使不为无辞。臣之愚见，欲姑俟侍旺事少定，或冬间因贺正使，遣王卞偕行，先与北馆伴议论，言朝廷将遣泛使之意。或令殿上口奏，彼若许遣，则有必从之理；若其不许，犬羊岂可责以礼度？则臣愿陛下深谋远虑，磨厉以须，忍其小而图其大。他时翦除丑类，恢复故疆；名分自正，国势自强。在于今日，诚未宜计虚名而受实害也。臣浅陋愚暗，念虑及此，更乞宸衷少赐详酌，天下幸甚。"上为少止，而终以为病。其秋，偕虞雍公允文爰立左右，上密求颛对。时范石湖自南宫郎崇政说书，为右史侍讲，天意攸属。明年，亟欲遂前事，且将先以陵寝为词，而使使者自及受书，以御札问正献曰："朕痛念祖宗陵寝，沦于腥膻四十余年，今欲特差泛使往彼祈请，依巫伋、郑藻例施行。卿意以为何如？可密具奏来。"正献复奏曰："臣伏蒙中使宣降到御札，下咨臣以遣北朝泛使本末。顾臣浅陋，岂足上当天问？恭读圣训，不胜感泣。仰惟陛下焦劳万机，日不暇给，规恢远略，志将有为。痛祖宗之陵寝未还，念中原之版图未复；精诚所感，上通于天；天祐圣德，何功不成？此固微臣素所激昂愤切，思以仰赞庙谟，为国雪耻，恨不即日挂天山之旆，勒燕然之铭。然而性质顽滞，于国家大事，每欲计其万全，不敢为尝试之举。是以前者留班面奏，亦以为使者当遣，但目前未可，恐泄吾事机，以实谍者之言，彼得谨为备。若镇之以静，迟一二年，彼不复疑，俟吾之财力稍充，士卒素饱，乃遣一介行李，往请所难；往反之间，又一二年，彼必怒而以师临我，然后徐起应之，以逸待劳。此古人所谓'应兵'，其胜十可六七。夫天下之事，为之有机，动惟厥时。孔子曰：'好谋而成。'使好谋而不成，不如无谋。臣之愚暗，安知时变？不过如向所陈，不敢改辞以迎合意指，不敢依违以规免罪戾，不敢侥幸以上误国事。疏狂直突，罪当万死。惟陛下怜其愚而录其忠，不胜幸甚。"上不听，正献遂去国。范迁起居郎、假资政殿大学士、左太中大夫、醴泉观使兼侍读、丹阳郡开国公，为祈请使以行。上临遣之曰："朕以卿气宇不群，亲加选择，闻外议汹汹，官属皆惮行，有诸？"范对曰："无故遣泛使，近于求衅，不执则戮；臣已立后，乃区处家事，为不还计，心甚安之。"玉色愀然曰："朕不败盟发兵，何至害卿？啮雪餐毡或有之，不欲明言，恐负卿耳。"范奏乞国书并载受书一节，弗许，遂行。虏遣吏部郎中田彦皋、侍御史元颜温迓焉。范知虏法严，附请决不可达，一不泄语，二使不复疑。至燕，乃夜蔽帷秉烛，密草奏，具言"他日北使至，欲令亲王受书"，其辞云云。大昕而朝，遂怀以入，初跪进国书，随伏奏曰："两朝既为叔侄，而受书礼未称。昨尝附元颜仲、李若川等口陈，久未得报，臣有奏札在此。"搢笏出而执之，雍酋大骇，顾谇其宣徽副使韩钢曰："有请当语馆伴，此岂献书启处耶？自来使者未尝敢尔。"厉声令绰起者再三，范不为动，再奏曰："奏不达，归必死，宁死于此。"雍酋怒，拂袖欲起，左右掖之坐。又厉声曰："教拜了去！"钢复以笏抑范拜，范跪如初。雍酋曰："何不拜？"范曰："此奏得达，当下殿百拜以谢。"乃宣诏令纳馆伴处。范不得已，始袖以下，望殿上臣僚往来纷然。既而，虏太子谓必戮之以示威，其兄越王不可而止。顷之，引见如常仪。归，馆伴果宣旨取奏去。是日钢押宴，谓范曰："公早来殿上甚忠勤，皇帝嘉叹，云可以激厉两朝臣子。"范唯唯谢，廷议方殷。会夏国有任德敬者，乃夏酋外祖，号任令公，再世用事，谋篡其国，事败而族。蜀宣司故尝以蜡书通问，为夏人所获，致之虏庭，雍酋益怒。范朝辞，遂令其臣传谕诘之，范答以奸细之伪不可测。退朝而馆伴持真书来，印文皦然可识。范笑曰："御宝可伪，况印文乎！"虏直其词，遂不竟。十月，范还，虏之报章有曰："抑闻附请之辞，欲变受书之礼，出于率易，要以必从。"上于是知其忠勤，有大用意。后八年，迄参大政云。受书乃隆兴以后盟书大节目，故备记其事特详，当时尚他有廷臣谋议可参见。日月尚迩，惜乎其未尽闻也。

一言悟主

石湖立朝多奇节。其为西掖时，上用知阁门事、枢密都承旨张说为佥书，满朝哗然起争，上皆弗听。范既当制，朝士或过问当视草与否，笑不应，独微声曰："是不可以空言较。"问者不惬，又哗然谓范党近习取显位，范亦不顾。既而廷臣不得其言，有去者，范词犹未下。忽请对，上意其弗缴，知其非以说事，接纳甚温。范对久将退，乃出词头纳榻前，玉色遽厉。范徐奏曰："臣有引谕，愿得以闻。今朝廷尊严，虽不可以下拟州郡，然分之有别，则略同也。阁门官日日引班，乃今郡典谒吏耳。执政大臣，倅贰比也。陛下作福之柄，固无容议，但圣意以谓有一州郡，一旦骤拔客将吏为通判职曹官，顾谓何耶？官属纵俯首，吏民观听，又谓何耶？”上霁威沉吟曰：“朕将思之。”明日，说罢。后月余，范丏去，上曰：“卿言引班事甚当，朕方听言纳谏，乃欲去耶！”既而范竟不安于位，以集撰帅静江。明年春，说遂申命，实乾道八年也。悟主以一言之顷，理明辞正，虽不能终格，犹足为公议立赤帜云。

苏葛策问

东坡先生，元祐中以翰苑发策试馆职，有曰：“今朝廷欲师仁祖之忠厚，惧百官有司，不举其职，而或至于媮；欲法神考之励精，恐监司守令，不识其意，而流入于刻。”左正言朱光庭首擿其事，以为不恭。御史中丞傅尧俞、侍御史王岩叟交章劾奏，一时朝议哗然起。宣仁临朝，为之宣谕曰：“详览文意，是指今日百官有司、监司守令言之，非是议讽祖宗。”纷纷逾时始小定，既而亦出守。绍圣、崇宁治党锢言者，屡以藉口，讫不少置也。政和间，葛文康胜仲为大司成，又发策私试，有曰：“圣上懋建大中，克施有政，忠恕崇厚，同符昭陵，综核励精，遹追宁考，殆将收二柄而总揽之也。今欲严督责，肃逋慢，而无刻核之迹；隆牧养，流岂弟，而无姑息之过。诸生谓当如何？”其问今见《丹阳集》中。是时语忌最严，而无一人指疵之者，文康讫位法从，哀荣始终。二策问语意如一，而祸福乃尔大异，是盖有命也。

卷第五十三则

刘观堂读赦诗

绍兴己未，金人归我侵疆，曲赦新复州县，赦文曰："上穹开悔祸之期，大金报许和之约。割河南之境土，归我舆图；戢宇内之干戈，用全民命。"大酋兀术读之，以谓不归德其国。明年，遂指为衅以起兵，复陷而有其地。后二年，和议成，秦桧惧当制者之不能说虏也，以孽子熺及其党程克俊补鳌。故其文曰："上穹悔祸，副生灵愿治之心；大国行仁，遂子道事亲之孝。可谓非常之盛事，敢忘莫报之深恩。而况申遣使轺，许敦盟好。来存殁者万余里，慰契阔者十六年。礼备送终，天启固陵之吉壤；志伸就养，日承长乐之慈颜。"于是邮传至四方，遗黎读之有泣者。蜀士刘望之作诗曰："一纸盟书换战尘，万方呼舞却沾巾。崇陵访沈空遗恨，郢国怜怀尚有人。收拾金缯烦庙算，安排钟鼎诵宗臣。小儒何敢知机事，终望君王赦奉春。"时语禁未大严，无以为风者。望之有集自号《观堂》，它书多谄秦，所谓"奉春"，竟不知指何人也。

部胥增损文书

先君之客耿道夫端仁为余言，其姻张氏，不欲名，淳熙间，尉广之增城。有黠盗刘花五者，聚党剽掠，官司名捕，累载弗获。一日，有告在邻邑之境民家者，民素豪，枳关环溪，畜犬狞警，吏莫敢闯其藩。张欲躬捕，弓级陈某者奋而前曰："是危道，不烦亲行。我得三十人饶取之。"使之往，信宿而得。鞫其橐侣，凡十余辈，散迹所往，咸絷而来。赃证具，以告之县，于法应赏矣。先是，张以它事忤令，盗之至，令讯爰书，以实言府，张以非马前捕，不应。令将论报，张乃知之，祈之掾史，咸曰："案已具府，视县辞而已。事且奏，不容增。"府尹适知己，又祈之，亦弗得，自分绝望。又一年，秩满买舟如京，过韶，因谒宪台。坐谒次，有它客纵谭一尉事，适相类，漫告之。客曰："是不可为，然于法情理凶虐，尝悬购者，虽非躬获，亦当免试，或循资，盍试请一公移，傥可用。"张方虑关升荐削不及格，闻之大喜，遂白之宪。宪命以成案录为据，付之。至临安，果以初筮无举员，当入残零。张良窘，偶思有此据，以示部胥。胥视之色动，曰："丐我一昔，得与同曹议。"居二日，来邀张至酒家剧饮，中席谓之曰："君欲改秩乎？"张错愕，不敢谓"然"。胥曰："我不与君剧，君能信我，事且立办。"诘所以，笑不答，遂去。明曰，复至其邸。张疑未泮，出谋之道夫。道夫曰："胥好眩诩，志于得钱，然亦有能了事者。不可信，亦不可却，盍为质而要其成。"张归，胥又来，则曰："君不深信我，我请毋持钱去，事成乃见归。"许诺，索缗二千，酬酢竟日，以千缗成约。张贷其半千道夫，同缄识于霸东周氏。两月不复来，顾以为妄，相与深咎轻信，徒取愒日。忽夜三鼓有扣门者，乃胥焉。喜见眉睫，曰："幸不辱命。"文书衔袖，取观之，则名登于进卷矣。张大骇。旦质之左铨，良是，三代爵里皆无讹。又扣之省闼，亦然，以为自天而下，然终莫测其繇也。欣然畀谢资，又厚以馈而问其故。胥不肯泄，曰："君第汔事，何庸知我？"既而班见如彝，得宰福之永福。去亦自闷不言。惟道夫知之。先君为侍左郎，道夫在馆，因密访其事。盖胥初得宪司据，见所书功阀皆曰："增城县尉司弓级陈某，获若干盗。"因不以告人，夜致之家，于每"司"字增其左画曰"同"，则如格矣。笔势秾纤无少异，同列不之觉。征案故府胥亦随而增之，但时矫它曹，奁缘之命，促其行，委曲遮护，徒以欲速告，迄不下元处而赏遂行。刻木辈舞文，顾赇谢乃其常，盖未有若此者。以此知四选蠹积，盖不可胜算。司衡综者，可不谨哉！

看命司

中都有谈天者，居于观桥之东，且设肆于门，标之曰"看命司"。其术稍售，其徒憎之，曰："司者，有司之称。一妄庸术，乃以有司自命，岂理也哉？”相与谋讼之。一人起曰：“是不难，我能使之去。”旦日，徙居其对衢，亦易其标曰“看命西司”。过者多悟而笑。其人愧赧，亟撤不敢留。伎流角智轧敌，乃有谕于不言者，亦可谓巧矣。书之以资善谑。

宣和服妖

宣和之季，京师士庶竞以鹅黄为腹围，谓之“腰上黄”。妇人便服不施衿纽，束身短制，谓之“不制衿”。始自宫掖，未几而通国皆服之。明年，徽宗内禅，称“上皇”，竟有青城之邀。而金虏乱华，卒于不能制也。斯亦服妖之比欤！

安庆张寇

两淮自开禧抢攘之后，惟舒仅全。嘉定己巳，岁洊饥，溃兵张军大煽乱，始犯桐城。掠寓公朱少卿致知之家，颇得民马，益合亡命，两夕而浸多，遂鸱张闯郡。太守林仲虎弃城遁。入自北门，至于逵路，号于邦人曰：“凡吾之来，将以为父兄子弟，非有掠敚之心也。谨无捐而居，无弃而业，无婴我兵锋。”于是逃者稍稍抱马足乞生，贼亦弗杀。至谯门，立马视楼扁，四顾曰：“我射而中‘安’字之首点则入，不然舍去。”一发中之。登郡厅，大发府库以予民，翕然争趋。惟尸胥魁一人，曰：“是舞文而虐吾民者，相为除之而已。”即日去屯潜山，营于真源宫，将大其所图基以裒兵。会有诏池阳兵千捕他盗，偶遇之，踵而登山，贼不虞其至之速也，颇惧。时官军未知贼众寡，莫敢先入，环而守之。贼计穷，越山而跳，縶道流而夺其巾衣，伪为迸逸者，告于官军曰：“贼众方盛，宜少须。”军士不之疑，皆趣使去。已而帜矗木间，马嘶庑下，钲鼓刁斗，鞺鞳四发，益信其有人。将谋于军曰：“贼在内，徒株守无益。焚其宫，是将焉往？”是日风盛，百燎并举，徒闻号呼，而竟莫有出者。宫既荡尽，以为贼亦灰矣，亟奏功。朝廷初闻仲虎失守，亟诏池出兵，继得扑灭之报，将第赏。而张军大乃自望江劫二舟，载所获妇女，浮江而下。至建康，登层楼，挥金自如，一饮而费二十万。察奸者疑其为，执讯得实，乃知焚死者多絷留之黄冠也。狱具，肆于市而尼前赏，舟中多衣冠家人，递牒送其所居。真源无孑遗，其徒适有游方者归，旋理瓦砾，为复营计，今尚未完。匹夫奋草莽，凶岁常事，然骤得一郡，即市恩忍杀，其志盖不浅；脱身烟焰，智足周身。卒以所嗜败，此亦天网之不可逃者欤！

阳山舒城

建炎航海之役，张俊既战而弃鄞，兀朮入之。即日集贾舟，募濒海之渔者为乡导，将遂犯跸，而风涛稽天，盘薄不得进。兀朮怒，躬命巨艘，张帆径前，风益猛，自度不习舟楫，桅舞舷侧，窘惧欲却而未脱诸口也。遥望大洋中，隐隐一山，顾问海师："此何所？"对曰："阳山。"兀朮慨然叹曰："昔唐斥境，极于阴山。吾得至此足矣。"遂下令反棹。其日，御舟将如馆头，亦遏于风，不尔几殆，盖天褫其魄而开中兴云。龙舒在淮最殷富，虏自乱华，江浙无所不至，独不入其境。说者谓其语忌，盖以"舒"之比音为"输"也。

宸奎坚忍字

光尧既与子孝爱日隆，每问安北宫，间及治道。时孝宗锐志大功，新进逢意，务为可喜，效每落落。淳熙中，上益明习国家事，老成乡用矣。一日，躬朝德寿，从容宴，玉音曰："天下事不必乘快，要在坚忍，终于有成而已。"上再拜，请书绅，归而大字揭于选德殿壁。辛丑岁，将廷策多士贡名者，或请时事于朝路间，闻其语而不敢形于大对，且虑于程文不妥帖，仅即其近似为主意，或曰持守，或曰要终。既而御集英胪唱，宰执进读，独有一卷子首曰："天下未尝有难成之事，人主不可无坚忍之心。"上览而是之，遂为第一，盖亲擢也。周伯兄常诵此事，谓凡文字，明白痛快当如此。余闻于其客刘达夫。

何处难忘酒

自唐白乐天始为《何处难忘酒》诗，其后诗人多效之。独近世王景文质所作，隽放豪逸，如其为人。余得其四篇，曰："何处难忘酒？蛮夷大不庭。有心扶白日，无力洗沧溟。豪杰将斑白，功名未汗青。此时无一盏，壮气激雷霆。""何处难忘酒？奸邪大陆梁。腐儒空有郦，好汉总无张。曹赵扶开宝，王徐卖靖康。此时无一盏，泪与海茫茫。""何处难忘酒？英雄太屈蟠。时违聊置畚，运至即登坛。《梁甫吟》声苦，干将宝气寒。此时无一盏，拍碎石阑干。""何处难忘酒？生民太困穷。百无一人饱，十有九家空。人说天方解，时和岁自丰。此时无一盏，入地诉英雄。"景文它文极多，号《雪山集》，大略似是。余又读王荆公《临川集》，亦有二篇，其一篇特典重，曰："何处难忘酒？君臣会合时。深堂拱尧舜，密席坐皋夔。和气袭万物，欢声连四夷。此时无一盏，真负《鹿鸣》诗。"二公同一题，而喑呜叱咤，一转于俎豆间，便觉闲雅不侔矣。余尝作一室，环写此诗，恨不多见云。

见一堂

孝宗朝，尚书郎鹿何年四十余，一日，上章乞致其事。上惊谕宰相，使问其繇。何对曰："臣无他，顾德不称位，欲稍矫世之不知分者耳。"遂以其语奏，上曰："姑遂其欲。"时何秩未员郎，诏特官一子，凡在朝者，皆诗而祖之。何归，筑堂扁曰"见一"，盖取"人人尽道休官去，林下何尝见一人"之句而反之也。何去国时，齿发壮，不少衰。居二年，以微疾卒。或较其积阀，谓虽居位，犹未该延赏，天道固有知云。所官之子曰昌运。余在故府时，昌运为左帑，尝因至北关送客，吴胜之为余道其事，今知连州。

义 骗 传

吾乡有义骗事甚奇，余尝为作传曰："义骗者，九江戍校王成之铠骑也。成家世隶尺籍，开禧间，虏大入淮甸，成以卒从戎四方山，屡战有功，稍迁将候骑。方淮民习安，仓卒间，虏至而逃，畜孳满野。成徇地至花靥，见病骗焉，疥而瘠，骨如堵墙，行逐水草，步且僵，乌鸢啄其上，流血赭髀，莫适为主，絷而得之。会罢兵归，饲以丰秣。几半年，肤革仅完，毛彨复生。日置之槽枥，愸愸然与群马不相顾，时一出系庑下，顾景嘶鸣，若自庆其有所遇。成亦未始异之。牙治在城陬，每旦与同列之隶帐下者，率夜漏未尽二刻，骑而往。屏息庭槐下，执梃候晨，雁鹜行立，俟颐指尽，午退以为常。马或蹶苶不任，相通融为假借。一日，有告马病，从成请骗往。始命鞍，踶鸣人立，左右骧拒不可制，易十数健卒，莫能孰何。乃以归之成，成曰：'安有是!'呼常驭羸卒持鞚来，则帖耳驯服如平时，振迅通衢，磬控缓亟无少忤者。自是，惟成乘则受之，他人则复弗受。虽日浴于河，群马皆裼而骑，相望后先。骗之驭者，终莫敢窃睨其膺鬣，稍前即噬啮之，军中咸指为驽悍，摈弗啮。嘉定庚午，峒寇李元砺，盗弄潢池，兵庚符下，统府调兵三千人以往，成与行。崎岖山泽，夷若方轨，至吉之月余，寇来犯龙泉栅，成出搏斗四五合，危败之矣，或以钩出其腋及韃而队死焉。官军亟鸣钲，骗屹立不去，踯躅徘徊，悲鸣尸侧。贼将顾曰：'良马也。'取之。元砺有弟，悍很恃执，每出掠，率强取十二三。适见之，色动曰：'我欲之。'将不敢逆，遂试之，蹴踘进退，折旋良惬，即不胜喜，贮以上厩，煮豆粟，濯泉翦弔，用金玉为铠，华鞯沃续，极其鲜明，群渠皆酾酒来贺。辎重卒有为贼掠取者，知之，曰：'骗他日未当若是，彼畜也，而亦畏贼耶?'窃怪之。于是日游其骗于峒岖间，上下峻坂，无不如意，恨得之晚。思一快意驰骋，而地多阻且不可得。后旬浃，复犯永新栅，官军闻有寇至，披鹿角出迎击。鼓声始殷，果乘骗以来。骗识我军旗帜，亟驰。贼觉有异，大呼勒挽，不止，则怒以铁槊击之，胯尽伤。骗不复顾，冒阵以入。军士识之者曰：'此王校之骗也，是异服者必其酋。'相与逐之，执以下，讯而得其实，则缚以徇于军，曰：'得元砺之弟矣。'噪而进，贼军大骇，军士勇跃争奋，遂败之。急羽露书以'出奇获丑'闻，槛送江右道，朝廷方患其跳梁，日徯吉语，闻而嘉之，第赏有差。众耻其功之出于马也，没骗之事。骗之义遂不闻于时。居二日，骗归病伤，不秣而死。稗官氏曰：'孔子曰：骥不称其力，称其德也。'今视骗之事，信然！夫不苟受以为正，报施以为仁，巽以用其权，而决以致其功，又卒不失其义以死，非德其孰能称之也！彼仰秣而恋豆，历跨下而不知耻，因人而成事者，虽有奔尘绝景之技，才不胜德，娩之驽骀，何足算乎！余意君子之将有取也，而居是乡，详其事，故私剟取，著于篇。"

凤 凰 弓

郑华原居中在宥府，和子美诜知雄州，尝以事诣京师，召与语而悦之，遂荐于徽祖。敷奏明鬯，大契宸旨，进横阶一等，俾还任。诜因上《制胜强远弓式》，诏施行之。弓制实弩，极轻利，能破坚于三百步外，即边人所谓"凤凰弓"者。绍兴中，韩蕲王世忠因之稍加损益，而为之新名曰"克敌"，亦诏起部通制，至今便焉。洪文敏《容斋三笔》谓祖熙宁神臂之规，实不然也。诜知兵，尝沮伐燕之议，以及于责；北事之作，未及用以死。盖两河名将云。

大 小 寒

韩平原在庆元初，其弟仰胄为知阁门事，颇与密议，时人谓之大、小韩。求捷径者争趋之。一日内燕，优人有为衣冠到选者，自叙履历材艺，应得美官，而留滞铨曹，自春徂冬，未有所拟，方徘徊浩叹。又为日者弊帽持扇过其旁，遂邀使谈庚甲，问以得禄之期，日者厉声曰："君命甚高，但于五星局中，财帛宫若有所碍。目下若欲亨达，先见小寒，更望成事，必见大寒可也。"优盖以"寒"为"韩"，侍燕者皆缩颈匿笑。余忆庆元己未岁，如中都，道徽之祁门，夜憩客邸，见壁间一诗，漫味语意，乃天族之试南宫者所作，其辞曰："蹇卫冲风怯晓寒，也随举子到长安。路人莫作亲王看，姓赵如今不似韩。"旁有何人细书八字，墨迹尚新，但云"霍氏之祸，萌于骖乘"而已。余谓优语所及，亦一"骖乘"也。蒙其指目者，反懵然若不少悟，何耶？

赵良嗣随军诗

赵良嗣既来降，颇自言能文，间以诗篇进，益简眷遇，至命兼官史局令，《续通鉴长编》重和元年十二月丁未，推修《国朝会要》，帝系、后妃、吉礼三类赏，良嗣实窜名参详，与转一秩焉，亦可占其非据矣。后既坐诛，其所自为集凡数十卷，时人皆唾去不视，荡毁无收拾者。余读《北辽遗事》，见良嗣与王瓌使女真，随军攻辽上京城破，有诗曰："建国旧碑胡月暗，兴王故地野风干。回头笑向王公子，骑马随军上五銮。"上京盖今虏会宁，乃契丹所谓西楼者，实耶律氏之咸、镐、丰、沛。犬羊固不足恤，而良嗣世仕其国，身践其朝，贵为九卿，一旦决去，视宗国颠覆殊无禾黍之悲，反吟咏以志喜，其为人从可知也。纵有名篇，正亦不足录，况仅止尔耶！五銮乃上京殿名，保机之故巢也。

卷第六六则

汪革谣谶

淳熙辛丑，舒之宿松民汪革，以铁冶之众叛，比郡大震。诏发江、池大军讨之，既溃，又诏以三百万名捕。其年，革遁入行都，厢吏执之以闻，遂下大理。狱具，枭于市，支党流广南。余尝闻之番易周国器元鼎，曰："革字信之，本严遂安人，其兄孚师中尝登乡书，以财豪乡里，为官榷坊酤，以捕私酝入民家，格斗杀人，且因以掠敚，黥隶吉阳军。壬午、癸未间，张魏公都督江、淮，孚逃归，上书自诡，募亡命为前锋，虽弗效，犹以此脱黥籍，归益治资产，复致千金。革偶阋墙不得志，独荷一伞出，闻淮有耕冶可业，渡江至麻地，家焉。麻地去宿松三十里，有山可薪，革得之，稍招合流徙者，治炭其中，起铁冶其居旁。又一在荆桥，使里人钱某秉德主焉，故吴越支裔也，贫不能家，妻美而艳，革私之。邑有酤坊在仓步白云，革讼而擅其利，岁致官钱不什一。别邑望江有湖，地饶鱼蒲，复佃为永业。凡广袤七十里，民之以渔至者数百户，咸得役使。革在淮仍以武断称，如居严时，出佩刀剑，盛骑从。环数郡邑官吏，有不惬志者，辄文致而讼其罪，或莫夜啸乌合，殴击濒死，乃置。于是争敬畏之，愿交欢奉颐旨。革亦能时低昂，折节与游，得其死力，声焰赫然，自侍夷以下不论也。初，江之统帅曰皇甫倜，以宽得众，别聚忠义为一军，多致骁勇。继之者刘光祖，颇矫前所为，奏散遣其众。太湖邑中有洪恭训练，居邑南门仓巷口，旧为军校，先数年已去尺籍，家其间。军士程某，二人素识之，往归焉。恭无以容，又不欲逆其意，革之长子某，好骑射，轻财结客，遂以书荐之往，果喜，留之一年而尽其技。革资用适窘，谢以铁镪五十缗，二人不满。问其所往，曰将如太湖。革因寄书以遗恭。革与恭好，有私干，期以秋，以其便之，弗端，亶书纸尾曰：'乃事俟秋凉，即得践约。'二人既出，饮它肆酣，相与咨怨，窃发缄窥之而未言。至太湖见恭，恭门有茗坊，延之坐，自入于室，取四缣将遗之。恭有妾曰小姐，躬蚕织劳，以恭之好施也，恪不予缣。屏后有詈言，二人闻之怒。恭坚持缣出，不肯受，亦不投以书，径归九江。扬言于市，谓革有异谋，从我学弓马兵阵，已约恭以秋叛，将连军中为应，我因逃归。故使逻者闻之，意欲以籍手冀复收。光祖廉得之，恐，捕二人送后司，既无以脱，遂出其书为证。光祖缴上之朝，有诏捕革。郡命宿松尉何姓，忘其名，素畏其豪，弯卒又咸辞不敢前，妄谓拒捕，幸其事之它属以自解。时邑无令，有王某者以簿摄邑事，郡檄簿往说谕。革已闻之，颇为备，饮簿以酒，烹鹅不熟而荐，意绪仓皇。簿觉有异，不敢言而出。行数里解后，郡遣客将郭择者至。择与汪革交稔，故郡使继簿将命，从以吏卒十余人，簿下马道革语，劝勿往，择不可，曰：'太守以此事属择，今徒还，且得罪。'遂入，革复饮之。时天六月方暑，虐以酒，自巳至申，不得去。择初谓革无他，既见，乃露刃列两厢门下，憧憧往来，袒裼呼啸，颇惧，亶孙辞丐去。革毕饮，字谓择曰：'希颜，吾故人，今事藉藉，革且不知所从始，雀鼠贪生，未敢出，有楮券四百，丐希颜为我展限。'择阳诺，方取楮，捕吏有王立者，亦以革之饷饮也，醉，闻其得钱，扣窗呼曰：'三省枢密院同奉圣旨，取谋反人，教练乃受钱展限耶？'革长子闻之，跃出缚择，曰：'吾父与尔善，尔乃匿圣旨文书，绐吾父死地。'户阖，甲者兴，王立先中二刀，仆，伪死。尽歼捕吏，钩曳出置墙下。将杀择，探怀中，得所藏郡移。择搏颊祈哀曰：'此非他人，乃何尉所为。苟得尉辨正，死不恨。'革许之，分命二子往起炭山及二冶之众。炭山皆乡农，不肯从，争迸逸；惟冶下多逋逃群盗，实从之。夜起兵，部分行伍，使其腹心龚四八、董三、董四、钱四二及二子分将之，有众五百余。六日辛亥，迟明，蓐食趋邑。数人者故军士，若将家子弟，亦有能文者，侠且武，平居以官人称，革皆亲下之。革有三马，号'惺惺骝'、'小骢骒'、曰'番婆子'，骏甚。驭曰刘青，骁捷过人。革是日被白锦袍，属櫜鞬，腰剑，总鹅梨旋风髻，道荆桥，秉德之妻闯于垣，匿，弗之见，乃过之。未至县五里，钱四二有异心，因谓革曰：'今捕何尉，顾不足多烦兵，君以亲骑入，大队姑屯此可也。'革然其言，以三十骑先入郭门，问尉所在，则前一日以定民讼，舍村寺未归。乃耀武郭中，复南出。刘青方鞚，忽顾革曰：‘今虽不得尉，能质其家，尉且立来。’革曰：‘良是。’反骑趋县。尉廨在县治，革将至，有长人衣白立门间，高与楼齐，其徒俱见之，人马辟易，亟奔还。则钱四二者已与其众溃逃略尽，惟龚、董守郭择不去者，尚五六十人，计无所出，乃杀择而还麻地。其居屋数百间，藏书甚富，谷粟山积，尽火之。幼孙千一甫十一岁，使乘惺惺骝，如无为漕司，分诉非敢反，特为尉迫胁状。遂杀二马，挈其孥至望江，以五舟分载入天荒湖，泊苇间，与龚、董洒涕别去，曰：‘各逃而生，毋以为君累也。’其次子有妇张，实太湖河西花香盐贾张四郎之女，有智数，尝劝革就逮，弗从，至是与其子相泣，自湛于湖，时人哀之。王立既不死，负伤而逃归郡。郡闻革起聚民兵，会巡尉来捕，且驿书上言，诏发两统帅偏裨扑灭，勿使炽。居十日，而兵大合，徒知其在湖，不敢近。视舟有烟火，且闻伐鼓声，稍久不出。使闯之，则无人焉。烟乃焫麻屑，为诘曲如印盘，缚羊鼓上，使以蹄击。革盖东矣。革之至江口，劫二客舟，浮家至雁汊、采石，伪官归峡者，谒征官而去，人莫之疑。舒军既失革，朝廷益虑其北走胡，大设赏购。革乃匿其家于近郊故死友家，夜使宿弊窑，曰：‘吾事明，家可归师中兄。’遂入北关，遇城北厢官白某者于涂。白尝为同安监官，识革，方骇避，革曰：‘闻官捕我急，请以为君得。’束手诣阙，下天狱。狱吏讯其家所在，备楚毒，卒不言。从狱中上书，言：‘臣非反者，蹭蹬至此，盖尝投匦，请得以两淮兵，恢复中原，不假援助。臣志可见矣。不知讼臣反而捕者为谁，请得以辨。’乃诏九江军送二人，捕洪恭等杂验，皆无反状。书所言秋期乃它事，革亶坐手杀平人，论极典，从者末减。二人亦以首事妄言，杖脊窜千里。方其孙诉漕司时，递押系太湖，荷小校过棠梨市，国器尝见之，惺惺骝弃野间，为人取去。宿松人复攘之，以瘠死。革之婿曰毛翥，字时举，第百一，居仓步，亦业儒，以不预谋，至今存。后其家果得免，依乎而居。后一年，事益弛，乃如宿松，识故业董四，从。有总首詹怨之，捕送郡。郭择家人逆诸门，搏击之，至郡庭，首不发矣。其捕董时，亦赏缗十，郡不复肯畀，薄其罪，仅编管抚州。革未败，天下谣曰：‘有个秀才姓汪，骑个驴儿过江。江又过不得，做尽万千趋锵。’

又曰：'往在祁门下乡，行第排来四八。'首尾皆同，凡十余曲，舞者率侑以鼓吹，莫晓所谓。至是始验。革第十二，以四合八，其应也。二人初言，盖谓革将自庐起兵如江云。"国器又言："革存时，每酒酣，多好自舞，亦不知兆止其身。宿松长人，或谓其邑之神，曰福应侯，威灵极著，革时亦欲纵火杀掠，使无所睹，邑几殆。时守安庆者李，岁久，亦不知其为何人也。"

铁券故事

苗、刘之乱，勤王兵向阙，朱忠靖胜非从中调护，六龙反正，有诏以二凶为淮南西路制置使，令将部曲之任。时正彦有挟乘舆南走之谋，傅不从，朝廷微闻而忧之，幸其速去。其属张逵为画计，使请铁券，既朝辞，遂造堂袖札以恳，忠靖曰："上多二君忠义，此必不吝。"顾吏取笔，判奏行给赐，令所属检详故事，如法制造，不得住滞。二凶大喜，是夕遂引遁，无复哗者。时建炎三年四月己酉也。明日将朝，郎官傅宿扣漏院，白急速事，命延之入，傅曰："昨得堂帖，给赐二将铁券，此非常之典，今可行乎？"忠靖取所持帖，顾执政秉烛同阅，忽顾问曰："检详故事，曾检得否？"曰："无可检。"又问："如法制造，其法如何？"曰："不知。"又曰："如此可给乎！"执政皆笑，傅亦笑曰："已得之矣。"遂退。后傅论功迁一官，忠靖尝自书其事云。

鸿庆铭墓

孙仲益觌《鸿庆集》，太半铭志，一时文名猎猎起，四方争辇金帛请，日至不暇给。今集中多云云，盖谀墓之常，不足咤。独有《武功大夫李公碑》列其间，乃俨然一珰耳，亟称其高风绝识，自以不获见之为大恨，言必称公，殊不怍于宋用臣之论谥也。其铭曰："靖共一德，历践四朝；如砥柱立，不震不摇。"亦太侈云。余在故府时，有同朝士为某人作行状，言者摘其事，以为士大夫之不忍为，即日罢去。事颇相类，仲益盖幸而不及于议也。

苏衢人妖

余兄周伯，以淳熙丙申召为太府簿。时姑苏有民家姓唐，一兄一妹，其长皆丈有二尺，里人谓之“唐大汉”，不复能嫁娶。每行倦，倚市檐憩坐，如堵墙。不可出，出辄倾市从观之。日啖斗余，无所得食，因适野，为巨室受囷粟，盖立囷外，即可举手以致，不必以梯也。以是背微伛。有珰以辂使客，见之，大惊，遂入奏，诏廪之殿前司。时郭隶为帅，周伯间一往，必敬喏，其声如钟。德寿时，欲见之，惧其聚民，乃卧之浮于河，至望仙专舟焉。又江山邑寺有缁童，眉长逾尺，来净慈，都人争出视之，信然。事闻禁中，诏给僧牒，赐名延庆寺僧，日坐之门，护以行马，士女填咽炷香，谓之“活罗汉”。遂裒施资为殿寺，有故铜像甚侈，乃位之中，不期而成。周伯亦亲见之。是非肖貌赋形之正，近于人妖矣。后数年周伯去国，皆不知所终。

快目楼题诗

江西诗派所在，士多渐其余波，然资豪健和易不常，诗亦随以异。庐陵在淳熙间，先后有二士，其一曰刘改之，余及识之，尝书之矣。旧岁在里中，与张漕仲隆栋之子似仲游，因言刘叔儗诗句。叔儗名儗，才豪甚，其诗往往不肯入格律。淳熙甲辰、乙巳间，余兄周伯持浙东庾节待次，一日过仲隆，同登其家后圃快目楼。有诗楣间曰：“上得张公百尺楼，眼高四海气横秋。只愁笑语惊阊阖，不怕阑干到斗牛。远水拍天迷钓艇，西风万里袭貂裘。眼前不著淮山碍，望到中原天际头。”周伯读而壮之，问知其儗。居月余，儗来谒仲隆。仲隆留之，因置酒北湖，招周伯曰：“诗人在此，亟践胜约。”既至，一见如旧交。坐中以二诗遗周伯。其一曰：“昔年槌鼓事边庭，公相身为国重轻。四海几人思武穆，百年今日见仪刑。笔头风月三千字，齿颊冰霜十万兵。天亦知人有遗恨，定应分付与中兴。”其二曰：“已买湖山卜奠居，因君又复到康庐。十年到处看诗卷，一日湖边从使车。南渡忠良知有种，中原消息定关渠。从今便是门阑客，时出山来探诏除。”诗成风檐，展读大喜，遂约之入浙。明年，叔儗过会稽，留连累月，饷之缗钱甚夥。叔儗又有《题岳阳楼》一篇，周伯喜诵之。余得其亲录本曰：“八月书空雁字联，岳阳楼上俯晴川。水声轩帝钧天乐，山色玉皇香案烟。大舶驾风来岛外，孤云衔日落吟边。东南无此登临地，遣我飘飘意欲仙。”余反复四诗，大概皆一轨辙，新警峭拔，足洗尘腐而空之矣。独以伤露筋骨，盖与改之为一流人物云。叔儗后亦终韦布，诗多散轶不传。

记龙眠海会图

李龙眠既弃画马之嗜，亶作补陁大士相，以施缁徒。垂老，得疋楮，戏笔五百应真像，几年乃成。平生绘写，具大三昧，仅此轴耳。先君在蜀得之，母氏雅敬浮屠，常椟致香火室中。余来京口，因暇日出示王英伯，遂仿贝叶语，为作记其右曰：“南阎浮提，有大善知识，现居士、宰官、妇女身，在家修菩萨梵行。有一初学，与其子游，以是因缘，得至其舍。一日，出示五百大阿罗汉海会妙相一轴，于是合掌恭敬，叹未曾见，如人入暗，忽睹光明，心大欢喜，莫可喻说。宛转谛观，神通变化，皆得自在，小大长短，老幼妍丑，各有所别。足踏沧海，如履坦途，蛟、蜃、鼋、鮀、鱼、鳖、蛙、蛤，俯首听命，如乘安车。天龙八部，夜叉罗刹，诸恶鬼众，前后导从，如役仆厮。宝花缤纷，天乐竞集，金桥架空，琪树蔽日。或闯而窥，或倚而立，瓶钵杖拂，各有所执，凌云御风，升降莫测。或解衣渡水，或濯足坐石，或挽或负，状邈迭出。以种种形，成于一色；于一色中，众妙毕具。如幻三昧，随刹现形，千变万化，不离一性。如是我闻，释迦文佛，既成道已，乃于耆阇崛山集阿罗汉。有学无学，菩萨摩诃萨，次第授记，陈如号曰‘普明’，五百阿罗汉，亦同一号，名曰‘普明’。既受佛记，即得如来方便法，而《金刚经》云：‘实无有法，名阿罗汉。’则是诸大阿罗汉，有法无法，有相无相，皆不可知、不可测。飘流大海，一切众生，天龙八部，诸鬼神众，若有若无，若隐若显，亦不可知、不可测。如梦中语，如水中尘，如暗中影，如空中花，谓之有相可乎？谓之有法可乎？是又不可知、不可测。然则斯图之作，沧海浩渺，神通变化，奇形异状，曲极其妙，求诸法耶？求诸相耶？是又愚所不可知、不可测。夫佛于贤劫中，在大梵天，未出母胎，居摩尼殿，集天释梵八部之众，演畅摩诃衍法，度无量无边众生。其殿百宝装严，众妙殊特，匪因缘而有，匪自然而成，则是殿是佛，是法是相，谓之有乎？谓之无乎？如此则知海之为海，罗汉之为罗汉，蛟、蜃、鼋、鮀、鱼、鳖、蛙、蛤，天龙八部，夜叉罗刹，似耶否耶？有耶无耶？匪大圆觉，合凡圣于一理，混物我于一心，是否两忘，色空俱灭。则法且无有，何况于相，相且无有，何况于画；画且无有，何况于记。虽然，是理也，为发大乘者说，为发最上乘说。若夫即心是佛，因佛见性，善男子、善女子，有能于一切法、一切相而生敬心，则聚沙为塔，画地成佛，皆是道场。何况图画装严，尽形供养，当知是人成就第一，希有功德，所得福德，亦复如是，不可思议，不可称量。于往昔时，有大居士号曰龙眠，得画三昧，始好画马，念念勿忘。有大比丘，见而语之，由此一念，当堕马腹；于是居士矍然忏悔，乃于一切诸佛、诸大菩萨而致意焉。端严妙丽，随念现形，皆得三昧，是罗汉者，居士之所作也。以居士之一念，画此罗汉，以大善知识之一念，得此罗汉，当知是画为第一希有。画者，得者，匪于过去无量阿僧祇劫承佛受记，未易画此，亦未易得此。至于有法无法，有相无相，如鱼饮水，冷暖自知。是记也，盖为画设。开禧二年百六日，初学王迈谨记。”英伯它文亦多奇，累试词闱不偶，今尚在选调中。余前书京口故游，盖其人也。

卷第七五则

吴畏斋猎谢贽启

开禧兵隙将开，忧国者虑其不终。乙丑之元，吴畏斋自鄂召，过京口，以先君湖湘之契，先来访余，亟送出南水门，谢不敏。既而留中为大蓬，未几，遂以秘撰帅荆，复出闸西溯。时北事已章灼，余念数路出师，具有殷鉴，虽上流运奇，先王有遗规，而今未必能。且是时招伪官，遣妄谍，亹亹多费，实无益于事，天下寒心，而谋国者不之知也。因草一启代贽，及之曰："骑虹过贺，曾亲謦咳之承；仓鼠叹斯，尚堕尘埃之梦。喜拜重来之命，试伸一得之愚。窃以宋受天命，何啻百庚申；虏污中原，又阅一甲子。自崇、观撤藩篱之蔽，而炎、兴纷和战之谋。诞谩败事，而巽懦则有余；浮躁大言，而矜夸之亡实。有志者以拘挛而废，无庸者以积累而升；牢笼易制之人才，玩愒有为之岁月。肉食者鄙，亡秦当可进而失机；骨狺而争，逆亮以难从而求衅。遂致蟠固狡兔之窟，犹欲睥睨化龙之都。决策和亲，姑谓奉春之孰计；卧薪自厉，谁为勾践之盛心？金汤恐喝于豫图，玉帛联翩于远馈。百年弃置，亦已久矣；万口和附，以为当然。不特首足混于无别，而反使有加；将见膏血困于常输，而未知所止。有识每一置念，终夕为之寒心。今虽欲为，后乃益甚。窃闻九世之大议，仅积三时之成规。踪迹张皇，已同兽斗；议论噂沓，坚辟狐疑。徒欲快一决而侥前功，讵曰计万全而为后虑。畎亩有怀于忧国，匭旌无路而陈情。敢忘末学之激衷，试请丈人之静听：尝观古昔中兴之业，或因东南全盛之基，规模虽狭于未宏，功业亦随其所就。孙氏北无淮而西无蜀，距江尚固于周防；晋室内有寇而外有戎，渡水亦成于克捷。彼皆未尽有今日之所有，我乃类欲为当时之不为。边草未摇，纷纷抵掌；塞尘一警，惴惴奉头。弛张以道，固曰随时；勇怯任情，料必至此。未尝有十年之生聚，但闻以千里而畏人；惟昧以天下转移之机，所以成流俗衰颓之弊。愿姑置寻常，以破未识时之说；特欲举一二，以释安乘势之疑。夫江、淮为唇齿之邦，关、陕乃腹心之地。欲近守，则不当固其内而舍其外；欲远攻，则安可即所后而忘所先？况天险可守，共守则险亦均；地利可据，能据则利必倍。此皆不易之常理，具有已行之旧规。襄阳，关中之喉，兵易进而亦易退；京师，海内之腹，守可暂而不可常。通秦、蜀两道之势，则兵力不宜轻；居陈、梁四战之郊，则守备不必泥。使灵旗再图北指，讵不先出岘之师；而大驾一日东归，似难执居汴之策。盖设崄象存于习坎，而趋时患在于用常。诚由泗、宿以下灵壁之师，因登、莱而济海道之众；淮西则出寿春而窥许境，关外则道大散而瞰雍郊；是谓正兵，皆为危道。盖河南虽可得，而难于持久；舟师虽可用，而未为全谋。即平壤以制敌，蹉跌则不支；用崄道以出兵，馈饷则难继。故显忠卒成符离之衄，而至于溃；李宝仅济胶西之捷，而不敢留。水路贻明御之忧，陆运制武侯之出。非陈言之是袭，亦商监之可稽。若夫运上流之奇，此端系大贤之责。一军下虢、洛，中原之势已摇；万骑出颍、昌，京畿之地旋复。南城分徇，而首尾互应；朱仙进击，而手足猖披。惟是时之举，偶困于谤书；而此日之功，难言于覆篑。苟尽得策，岂复至今？自两河而言，则铜梁为旧疆；由九郡而论，则金坡为限塞。平州与三关，异路而不豫计，真儿戏哉！白沟仅一水，累世而不敢逾，亦幸安耳！今欲为能胜而必不可胜，固当审所图而弃其难图。岂徒舍败绩而趋成功，庶不因空名而受实祸？宣和之捷，所以胎靖康之变；隆兴之战，所以成乾道之盟。惟思之远而虑之深，庶功可成而忧可弭。大姑少置，小亦未安。招携固上策，而纳归正乃自困之资；用间诚至谋，而遣妄谍乃无益之费。伪官换授，是当诛而蒙赏；厚赀轻畀，是以实而易虚。虽至愚犹且知其非，岂在上顾甘循其弊？许移治者，是许其弃地；令择利者，是令其退师。徒使全家保妻子之臣，用以藉口窃爵禄之宠。边城保鄣，以庙堂使阙，而不免于屡迁；戎阃事机，以主帅豢安，而常淹于难达。偃然以承平文饰之体，巍乎居要境藩维之权。塞下之粟，反内徙以自虚；军中之弊，犹日朘而不止。岁市骏而不能偿耗，谁兴开元监牧之谋；日计漕而未足馈军，孰启神爵屯田之策。民兵文具，禁籍虚员。奈何欲兴不世之俊功，尚尔未革易知之宿弊。此特言其梗概，初未效于涓埃，已不胜贾生痛哭之私，矧欲致臧宫鸣剑之议。试捺闷闷，毋谓平平。恭惟某官，以世大儒，助国正论，贯兼资于文武，视一节于险夷。归自乘轺，公议浩然而归重；畀之龇阃，天心昭若以可知。上方勤西顾之忧，公特任北门之寄。风露三神之顶，洊尔褰裳；旌旗千骑之来，蛩然望履。耸列城之观望，屹外阃之蕃宣。当尽远猷，庶销过计。某辱知最渥，因事有言。屡矣蹉跎，虽粗有少年之志；斐然狂简，得毋贻小子之嗤。或可执鞭，愿供磨盾。其诸软熟之贡，徒致高明之烦。嗣听策励，别当修贽。"畏斋在丹阳馆，一览辄喜，亲作数语谢曰："抗身以卫社稷，久沉射虎之威，疏王爵以大门间，将表食牛之气。有来相过，允荷不忘。监仓学士，风烈承宗，词华振俗，喜北平之有后，幸郎君之克家。庾氏卑官，王孙令器，必有表荐，以发忠嘉。至于陈谊之甚高，与夫期待之太过，此则诸君子之责，而非一郡守之忧。某行官沔、鄂之间，即有兵民之寄，当呼老校退卒，问先烈之宏规；将与群公贵人，诵故侯之名绪。叙谢之意，匆草莫殚。"于是一得之谋，颇彻于诸公间矣。又一年，稍稍如言，宇文顾斋闻之，从章以初录本去，会除次对，谬以充自代荐，且有志识不群之褒，初未相识也。故余投谢骈俪有曰："初不求于识面，亶自得于知心。"盖指此。它日，又特剡亟称之于庙堂，余迄不知所蒙。近翻故笈，偶见存本，因悼殄瘁，潸然出涕，书之以志余之愧于知己者焉。

楚齐僭册

靖康元年，金人陷京师。明年，太宰张邦昌僭帝位，是岁邦昌伏诛。又三年，尽陷中原地，殿中侍御史刘豫复僭帝位。九年，豫就执北去。余尝得其二册文，乃删其吠尧者而剟录之。邦昌之册曰："维天会五年，岁次丁未，二月辛亥朔，二十有一日辛巳，皇帝若曰：朕惟我太祖武元皇帝，肇建区夏，务安元元，肆朕纂承，不敢荒怠，夙夜兢兢，思与万国格于治。粤惟有宋，实乃通邻，贡岁币以交欢，驰星轺而讲好。期于万世，永保无穷。盖我有大造于宋也。不图变誓渝盟，以怨报德，开端招祸，反义为仇。今者国既乏主，民宜混同，然念厥功，诚非贪土，遂命帅府，与众推贤。佥曰：‘太宰张邦昌，天毓疏通，神资睿哲。处位著忠良之誉，居家闻孝友之名；实天命之有归，仍人情之所徯。择其贤者，非子而谁？’是用遣使备礼，以玺绂宝册，命尔为皇帝，以援斯民，国号大楚，都于金陵。自黄河以外，除西夏封圻，疆埸仍旧，世辅王室，永为藩臣。贡礼时修，勿疑于述职；问音岁至，无缓于披诚。於戏！天生蒸民，不能自治，故立君以临之，君不能独理，故设官以教之。乃知民非后不治，后非贤不守，其有位者，可不谨欤！予懋乃德，嘉乃丕绩，日敬一日，虽休勿休，钦哉！其听朕命。”豫之册曰：“维天会八年，岁次庚戌，七月辛丑朔，二十有七日丁卯，皇帝若曰：朕公于御物，不以天下为己私；职在牧民，乃知王者为通器。威罚既已殄罪，位号宜乎授能。乃者有辽，运属颠危，数穷否塞，获罪上帝，流毒下民。太祖武元皇帝，杖黄钺而拯黎元，麾白旄而誓师旅；妖气既殄，区宇大宁。爰有宋人，来从海道，愿输岁币，祈复汉疆。太祖方务善邻，即从来议，重念斯民，久罹涂炭，未获昭苏，不委仁贤，孰能保定？咨尔刘豫，夙擅直言之誉，素怀济世之才；居于乱邦，生不偶世。百里虽智，亦奚补于虞亡；三仁至高，或显从于周仕。当奸贼扰攘之际，正愚氓去就之间。举郡来王，奋然独断。逮乎历试，厥勋克成。夫委之安抚，教化行；任之尹牧，狱讼理；付之总戎，盗贼息；专之节制，郡国清。况有定衰救乱之谋，必挟拯变扶危之策；使民无事则櫜弓力穑，有役则释耒荷戈。罢无名之征，捐不急之务。征隐逸，举孝廉，振纪纲，修制度。省刑罚而去烦酷，发仓廪而息蟊螟。神人以和，上下协应。比下明诏，询考舆情，列郡同辞，一心仰在。宜即归仁之地，以昭建业之元。是用遣西京留守高庆裔，副使礼部侍郎知制诰韩昉，备礼以玺绂宝册，命尔为皇帝，国号大齐，都于大名。岁修子礼，永贡虔诚，畀尔封疆，并从楚旧。更须安集，自相攸居。尔其上体天心，下从人欲。忠以藩王室，信以保邦圻。惟天难谌，惟命靡常，谨厥德，保厥位，尔其勉哉！勿忽朕命。”玉册皆以六十六方为制，每方字两行，以金书之。於呼！犬羊乱华，颠倒冠履，一至于此。读此者，得不起鲁仲连之愧乎！

优伶诙语

秦桧以绍兴十五年四月丙子朔，赐第望仙桥。丁丑，赐银绢万匹两，钱千万，彩千缣，有诏就第赐燕，假以教坊优伶，宰执咸与。中席，优长诵致语，退，有参军者前，褒桧功德。一伶以荷叶交倚从之，诙语杂至。宾欢既洽，参军方拱揖谢，将就倚，忽堕其幞头，乃总发为髻，如行伍之巾，后有大巾镮，为双叠胜。伶指而问曰："此何镮？"曰："二胜镮。"遽以朴击其首曰："尔但坐太师交倚，请取银绢例物，此镮掉脑后可也。"一坐失色。桧怒，明日下伶于狱，有死者。于是语禁始益繁，芮烨令衿等吻祸，盖其末流焉。

嘉禾篇

张丞相商英媚事绍圣，共倡绍述。崇宁二年，遂为尚书左丞。会与蔡元长异论，中执法石豫、殿中御史朱绂、余深以风旨将劾奏之，而无以为说。或言其在元祐中，尝著《嘉禾篇》，拟司马文正于周公；且为开封府推，当其薨时，代府尹为酹祭文，有褒颂功德语，因请正其罚。有诏："张商英秉国政机，论议反复，加之自取荣进，贪冒希求。元祐之初，诋訾先烈，台宪交章，岂容在列？可特落职，依前通议大夫知亳州。"余家旧有石刻，正有所谓《嘉禾篇》者，文既尔雅，论亦醇正，惜乎其好德之不终也。因录之，以表其初终焉。篇之言曰："维元祐丁卯十月，定襄守臣得禾异亩同颖。部使者臣张商英，作《嘉禾篇》。神宗既登遐，嗣皇帝冲幼，中外震惧，罔知社稷攸托。惟太母晦圣德于深宫，五十有四年，克庄克明，克仁克简，肆膺顾命，保佑神孙，以总大政。既临延和，乃告于侍臣曰：'呜呼！先皇帝聪明文武，宏规伟图，轶于古先。丕惟曰禹贡九州之域，久封裔壤，坎于殊俗，豺狼野心，终不可豢，序弗底平，时以忧贻，于我后昆。乃备材力，乃督事功，务除大害，不恤小怨。今既坠厥志，罹家多艰，其弛利源，与民共之。所不欲一切蠲罢，庶事肇革，众志未孚，新故相刑，爱恶相反，议论乘隙，纷纶互建。疑生于弗亲，忿生于弗胜，其睽成仇，其合成党，盈庭睢盱，震于视听。'惟圣母烛以纯静，断以不惑，去留用舍，不归于偏归于是。越三载，群慝斯嘉，群乖斯和，群异斯同。馨闻于上帝，风雨时若，英华丰美，被于草木。发珍祥于兹嘉禾，厥本惟三，厥垅惟五，厥穗惟一。臣闻曰：在昔成王冲幼，周公居摄，近则召公不悦，远则四国流言。成王灼知忠邪之情，诛伐谗慝，卒以天下听于周公，时则唐叔得禾异亩同颖以献。推古验今，迹虽不同，理或胥近。臣商英敢拜手稽首，旅天之命，曰：'呜呼！先民有言，众贤和于朝，万物和于野，和气致祥，乖气致异，治平之时，君臣罔不咸有一德。在虞舜时，百僚师师，在文王时，多士济济。降及幽王，小人在位，君子在野。其诗曰：潝潝訿訿。又曰：噂沓背憎。呜呼！卿士庶尹敬之哉，曲直之辩，是非之判，罔或不异。如禾之本，终以合颖，利害之当，予夺之中，罔或不同；如禾之颖，非离于本，无有作同，害于而公。'臣吴安操、臣李昭叙等立石。"余又尝求其开封祭文而观之，颂之极挚者，亦特曰："公在熙宁，谪居洛京。十有五年，《资治》书成。帝维宠嘉，以子登瀛。方渴起居，而帝在天。太母垂帘，保祐神孙。畴咨在庭，属以宗社。介特真淳，无易公者。公来秉钧，久诎而伸。五害变法，十科取人。孰敢弗良，孰敢弗正。有倾其议，必以死争。日月徂征，思速用成。心劓形瘵，胡卫余生。嘉谋嘉猷，百未有告。讣音夜奏，九重震悼。爵惟太师，开国于温。莫惠我民，门巷烦冤。乃命贰卿，葬其先原。公殓具资，一给于官。悠悠苍天，从古圣贤。损益盛衰，与时屡迁。功亏于篑，志夺于年。古也如斯，岂公独然？已矣温公，夫何憾焉。"如此而已，虽违时论，亦非大溢美者。盖五害等字，乃当时之所深讳，是以亟黜而不留也。张之立朝，其初议论具是，暨哲宗亲政，首为谏官，乃指吕汲公、范淳夫辈为大奸，而以司马文正、文忠烈为负国，甚者至以宣仁比吕武，殊视此文为不同，反复之言，圣谟其得之矣。其后入党籍，却反成滥置，大观爰立，本以其能与蔡立异而用之，亦不能久也。钦皇嗣服，会时相主其人，赠以太保，与范、司马二文正并命，天下莫不疑之。王称作《东都事略》，载张罢左丞，以言蔡京奸邪，有"自为相国，志在逢君"等语，台臣以为非所宜言而谪之。考之史谍，盖专坐此篇，称书误甚。当因其异同之迹，而遂从传疑，其实非也。

朝士留刺

秦桧为相，久擅威福。士大夫一言合意，立取显美，至以选阶一二年为执政，人怀速化之望，故仕于朝者，多不肯求外迁。重内轻外之弊，颇见于时。有王仲荀者，以滑稽游公卿间。一日，坐于秦府宾次，朝士云集，待见稍久。仲荀在隅席，辄前白曰："今日公相未出堂，众官久俟。某有一小话，愿资醒困。"众知其善谑，争竦听之。乃抗声曰："昔有一朝士，出谒未归，有客投刺于门，阍者告之以'某官不在，留门状，俟归呈禀'。客忽勃然发怒，叱阍曰：'汝何敢尔！凡人之死者，乃称不在。我与某官厚，故来相见。某官独无讳忌乎？而敢以此言目之耶！我必俟其来，面白以治汝罪。'阍拱谢曰：'小人诚不晓讳忌，愿官人宽之。但今朝士留谒者，例告以如此，若以为不可，当复作何语以谢客？'客曰：'汝官既出谒未回，第云某官出去可也。'阍愀然蹙頞曰：'我官人宁死，却是讳"出去"二字。'"满坐皆大笑。仲荀出入秦门，预亵客，老归建康以死。谈辞多风，可隽味。秦虽煽语祸，独优容之，盖亦一吻流也。

卷第八十二则

九江郡城

九江郡自梁太清始奠湓口，湓口乃汉灌婴所筑也，灌井在焉。故余家晋盆杆事，犹有冢居城中。城负江面山，形胜盘据，三方阻水，颇难于攻取。开宝中，曹翰讨胡，则逾年不下。或献计于翰曰："城形为上水龟，非腹胁不可攻。"从之，果得城。至今父老指所由入，云在北阛新仓后。郡治之前，对康庐，有峰曰"双剑"。乾道间，蜀人唐立方文若来为守，谓翰实屠城，而李成等寇，亦尝入郛残其民，取阴阳家说，意剑所致，乃辟谯楼前地，筑为二城，夹楼矗其上，谓之"匣楼"，曰匣实藏剑。江人相劝成之。有日者过其下，曰："是利民而不利于守。"立方闻之，不以为意，居一年，果卒官。其异如此。立方故知名，尝为中书舍人，终之年六十八。

日官失职

近世清台占候，颇失其守，虽试选甚艰，多筌蹄之学，以故证应之验，视前世为疏。开禧丙寅二月丙子，余在京口，章以初居戎司芗风亭。余莅事庾中归，过之小酌，握手庭下，日方申，忽觉天半砰訇有声甚厉。矫首正见一星南队，曳尾如帚，逶迤久之始灭，相与叹异。未几而兵衅开，江、淮荐饥，死者几半。嘉定己巳五月辛亥，余里居晚浴，散步西圃，暝色将至。从行一僮忽卬而惊呼，视之，亦一星，大小如京口所见，而色绀青，尾焰煜煜，自南徂北，行颇迅，亦隐隐鸣于空中。时虏酋易位，蒙鞑闯其境，兵祸纠结，数年犹不解。则所队之方，盖有妖焉。余不甚习变星，二星所偶见，皆白昼出，太史且未尝问，亦不闻奏报，其它躔度微忒，意必不能详也。

紫宸廊食

余为扈簿日，瑞庆节随班上寿紫宸殿。是岁，虏方拏兵北边，贺使不至，百官皆赐廊食。余待班南廊，日已升，见有老兵持二髹牌至，金书其上，曰："辄入御厨，流三千里。"既而太官供具毕集，无帟幕限隔，仅以镣竈刀机自随，绵蕞檐下。侑食首以旋鲊，次暴脯，次羊肉，虽玉食亦然，且一小楪，如今人家海味楪之制，合以玳瑁而金托之，封其两旁，上以黄纸书品尝官姓名以待进。黼坐既御，合班拜舞用乐，伶人自门急趋折槛，以两襜为作止之节。廊下设缬褥，置俎于前，有肴核，爵以银而厚其唇，为之一耳，颇不便于饮，上镌绍兴十二年某州所造，盖和议成而举弥文，责之外郡，以期速集也。每举酒，玳合自东庑入廊，馔继至。适卢棘簿子文在旁，因言此艺祖旧制。在汴京时，天造草昧，一日长春节，欲尽宴廷绅，有司以不素具奏，不许，令市脯，随其有以进，仍诏次序勿改，以昭示俭之训，如锡宴贡院，前二盏止以果实荐，无品食，盖当时市之者未至耳，其第三盏，亦首以旋鲊云。余闻之典仪吏曰："它日戎贽在廷，则百官皆称寿而退，无赐食七十年矣。"此乃适因其不来而举行者，故窃志之。

阜城王气

崇宁间，望气者上言，景州阜城县有天子气甚明，徽祖弗之信。既而方士之幸者颇言之，有诏断支陇以泄其所钟。居一年，犹云气故在，特稍晦，将为偏闰之象，而不克有终。至靖康，伪楚之立，逾月而释位。逆豫既僭，遂改元阜昌，且祈于金酋，调丁缮治其故尝夷铲者，力役弥年，民不堪命，亦不免于废也。二僭皆阜城人，卒如所占云。

袁孚论事

孝宗初政，袁孚为右正言。一日，亟请对，论北内有私酤，言颇切直，光尧闻之震怒。上严于养志，御批放罢，中使持玺封至堂。时陈文正当国，史文惠为参预，未知其倪，启封相顾罔测。文惠曰："上新即位而首逐一谏官，未得其名，此决不可，请俟审奏。"翌日，遂朝，方扣榻以请，玉音峻厉，遽曰："谓已行下矣，尚何留？"文惠奏曰："陈康伯固欲速行，而臣不欲也。臣有千虑之一，愿留身以陈。"班退，文惠问："孚何罪也？"上谕以疏意曰："是非所宜言，不逐何待。"曰："陛下亦知德寿宫中无士人乎？"曰："何谓也？"曰："北内给事，无非阉人，是恶知大体？若非几个村措大在言路，时以正论折其萌芽，此曹冯依自恣，何所不至？"上竦而悟，天颜少和。文惠进曰："不特此事，争臣无故赐罢，天下咸以为疑，而欲知其故。若以此为罪，则两宫之间且生，四方闻之，必谓陛下方以天下养，而使北内至于有此，非供亿不足而何？必不得已而去，当因其自请而听之可耳。"上释然霁威曰："善。"将退，复前曰："后之日，复当五日之朝。愿陛下试以意白去孚，傥可以上皇意留之，尤盛德事。"上许诺，既归自北宫，亟召文惠而谕之曰："太上怒袁孚甚，朕所以亟欲去之。昨日方燕，太上赐酒一壶，亲书'德寿私酒'四字于上，使朕跼蹐无所。"文惠曰："此陛下之孝也，虽然，终不可暴其事。"居数日，孚请祠，得守永嘉郡。既而文惠又奏："谏官以直言去，非邦家之美。请以职名华其行。"遂除直秘阁，外朝竟不及知。自是纤人知谮之不行，亦无复投隙者。一言回天，体正谊得，两宫慈孝，终始无间，此举实足以权舆之云。

鹦 鹉 谕

蜀士尚流品，不以势诎。乾道间，杨嗣清甲有声西州，清议推属。初试邑，有部使者，不欲名，颇以绣衣自骄，怒其不降意，诬劾以罪。赵卫公方为左史，闻之，不俟车，亟往白庙堂曰："譬之人家，市猫于邻，卜日而致之，将以咋鼠也。鼠暴未及问，而首抉雕笼，以噬鹦鹉，其情可恕乎！"当国者问其繇，告以故，相与大笑，劾牍竟格不下。嗣清仕亦不显，有弟曰嗣勋辅，位至从橐，其清名亦相伯仲云。至今蜀人谈谑，以排根善类者为"猫噬鹦鹉"。王中父尝为余道，而忘其所为邑之名。

月中人妖

逆曦未叛时，尝岁校猎塞上。一日夜归，笳鼓竞奏，辚载杂袭。曦方垂鞭四视，时盛秋，天宇澄霁，卬见月中有一人焉，骑而垂鞭，与己惟肖。问左右，所见皆符，殊以为骇，嘿自念曰："我当贵，月中人其我也。"扬鞭而揖之，其人亦扬鞭，乃大喜，异谋繇是益决。德夫兄至蜀，安大资丙与之宴，亲言之。夫妄心一萌，举目形似，此正与投楮天池者均耳，月妖何尤。

牸牧相卫

先茔吕田原之北二里许，山崾焉，不合如砺，土名曰焦库。有周氏坟，其间篁木蔽翳，泉甘草茂，牧者趋之。嘉定癸酉四月甲午正昼，有詹氏子十九岁，牧一牸坟侧。方偃于背，邻之二儿甫龀，戏于旁。有虎出于薄，直前搏牸。二儿痴，不识为虎，掷瓦砾，嗾而逐之。虎顾牸，不肯去。二儿倚徙观，稍前，乃缘登木。牧子念其家贫，惟恃此以耕，不胜愤，径归取斧，将以杀虎。其父在田，不之知；母视其来也，遽问而告其故，顾东作方殷，家无男子，乃集里妇数人，噪而从。既至，二儿观酣，嬉笑自若，牸以角拒，虎爪啮，无完革矣。牧子视牸且困，挥斧大呼，欲以致虎，虎果舍牸来。时木影漏日，刃环舞，翕霍有光，虎益自缩，作势奋迅，欲以攫取。牸少憩力苏，乃前斗，虎舍牧子，与之相持。牧子气定更进，虎又舍牸。牸与牧迭抗虎，如此者弥半日顷，群妇莫之孰何。既而山下民闻者，持梃欢呼，来渐多，虎遂弃而去，牸牧竟全。余时倚垩冢下，仆辈亲见之，来告；遣视，民方环睨，虎犹未逸也。畜而义，不忘卫所牧；牧子亦克念其家，奋不顾死，皆可尚。二儿不知畏，不被搏噬。东坡沙上抵首之说，谅可信云。

解禅偈

余尝得东坡所书司马温公《解禅偈》，其精义深韫，真足以得儒释之同，特表其语而出之。偈之言曰："文中子以佛为西方之圣人，信如文中子之言，则佛之心可知也。今之言禅者，好为隐语以相迷，大言以相胜，使学者伥伥然益入于迷妄，故余广文中子之言而解之，作《解禅偈》六首。若其果然，则虽中国行矣，何必西方，若其不然，则非余之所知也。""忿气如烈火，利欲如铦锋。终朝常戚戚，是名阿鼻狱。""颜回安陋巷，孟轲养浩然。富贵如浮云，是名极乐国。""孝弟通神明，忠信行蛮貊。积善来百祥，是名作因果。""仁人之安宅，义人之正路。行之诚且久，是名光明藏。""言为百代师，行为天下法。久久不可掩，是名不坏身。""道义修一身，功德被万物。为贤为大圣，是名菩萨佛。"於虖！妄者以虚辞岐实理，以外慕易内修，滔滔皆是也，岂若是偈之坦明无隐乎！盍反而观之。

玉虚密词

徽祖将内禅，既下哀痛之诏，以告宇内，改过不吝，发于至诚。前一夕，即玉虚殿常奉真驭之所，百拜密请，祈以身寿社稷。夜漏五彻，焚词其间。嫔嫱巨珰，但闻谒祷声，而莫知其所以然。明日，遂御玉华阁，召宰执，书"传位东宫"四字，以付蔡攸。又一日，钦宗遂即位，实宣和七年十一月辛酉也。明年正月己巳，赤白囊至，徽祖夜出通津门，以如亳社。斡离不既退师，龙德行宫在京口，纤人乘间，有剑南自奉之疑，奉表亟请归京师。驾至睢阳，李忠定纲奉诏迎谒，见于幄殿。既辞，遂出所焚词藁，俾宣示宰执百官，忠定家有藏本焉。其辞曰："奉行玉清神霄保仙、元一六、阳三五、璇玑七九、飞元大法师，都天教主臣某，诚惶诚恐，顿首顿首，再拜上言，高上玉清神霄、九阳总真、自然金阙。臣曩者君临四海，子育万民，缘德菲薄，治状无取，干戈并兴，弗获安靖。以宗庙社稷生民赤子为念，已传大宝于今嗣圣。庶几上应天心，下镇兵革，所冀迩归远顺，宇宙得宁，而基业有无疆之休，中外享升平之乐。如是贼兵偃戢，普率康宁之后，臣即寸心守道，乐处闲寂，愿天昭鉴，臣弗敢妄。将来事定，复有改革，窥伺旧职，获罪当大。已上祈恳，或未至当，更乞垂降灾咎，止及眇躬，庶安宗社之基，次保群生之福，五兵永息，万邦咸宁。伏望真慈，特赐省鉴。臣谨因神霄直日功曹吏，赍臣密表一道，上诣神霄玉清三府，引进仙曹，伏愿告报。臣诚惶诚恐，顿首顿首，再拜以闻。”於虖！禹汤罪己，其兴也勃焉，圣心其有以得于天矣。按蔡絛《国史后补》载徽祖教门尊号为“玉京金阙、七宝元台、紫微上宫、灵宝至真玉宸明皇大道君”，与此不同，意归美之称，不欲以自名耳。唐武宗会昌《投龙文》，称“承道继玄、昭明三光弟子、南岳上真人”。今茅山、龙虎、阁皂，实有三坛，符籙遍天下，受之者亦各著称谓，或者帝王之号，又有其别，殆未可知也。

太岁方位

建隆三年五月，诏增修大内。时太岁在戌，司天监以兴作之禁，移有司，毋缮西北隅。艺祖按视见之，怒问所繇。司天以其书对，上曰：“东家之西，即西家之东，太岁果何居焉？使二家皆作，岁且将谁凶？”司天不能答，于是即日莅撤一新之。今世士大夫号于达理者，每易一榱，复一篑，翦翦拘泥，不得即决，稽之圣言，思过半矣。

逆亮辞怪

金酋亮未篡伪，封岐王，为平章政事，颇知书，好为诗词，语出辄崛彊，懑懑有不为人下之意，境内多传之。且骤施于国，东昏疑焉，未及诛，而有胥仪之祸。宗族大臣以亮有素誉，因共推戴。既立，遂肆暴无忌，佳兵苛役，以迄于亡。然其居位时，好文辞，犹不辍。余尝得其数篇。初王岐，以事出使，道驿有竹，辄咏之曰：“孤驿潇潇竹一丛，不同凡卉媚春风。我心正与君相似，只待云梢拂碧空。”又《书壁述怀》曰："蛟龙潜匿隐沧波，且与虾蟆作混和。等待一朝头角就，撼摇霹雳震山河。"既而过汝阴，复作诗曰："门掩黄昏染绿苔，那回踪迹半尘埃。空亭日暮乌争噪，幽径草深人未来。数仞假山当户牖，一池春水绕楼台。繁花不识兴亡地，犹倚阑干次第开。"又尝作雪词《昭君怨》曰："昨日樵村渔浦，今日琼川玉渚。山色卷帘看，老峰峦。锦帐美人贪睡，不觉天花剪水。惊问是杨花，是芦花。"一日，至卧内见其妻几间有岩桂植瓶中，索笔赋曰："绿叶枝头金缕装，秋深自有别般香。一朝扬汝名天下，也学君王著赭黄。"味其词旨，已多圭角，盖其蓄已不小矣。及得志，将图南牧，遣我叛臣施宜生来贺天申节，隐画工于中，使图临安之城邑，及吴山、西湖之胜以归。既进绘事，大喜，瞷然有垂涎杭、越之想。亟命撤坐间软屏，更设所献，而于吴山绝顶，貌己之状，策马而立，题其上曰："万里车书盍混同，江南岂有别疆封？提兵百万西湖上，立马吴山第一峰。"迁汴之岁，已弑其母矣。又二日而中秋，待月不至，赋《鹊桥仙》曰："停杯不举，停歌不发，等候银蟾出海。不知何处片云来，做许大通天障碍。　虬髯拈断，星眸睁裂，惟恨剑锋不快。一挥截断紫云腰，子细看嫦娥体态。"明年竟遂前谋。使御前都统骠骑卫大将军韩夷耶将射雕军二万三千围，子细军一万，先下两淮。临发，赐所制《喜迁莺》以为宠，曰："旌麾初举，正駃騠力健，嘶风江渚。射虎将军，落雕都尉，绣帽锦袍翘楚。怒磔戟髯争奋，卷地一声鼙鼓。笑谈顷，指长江齐楚，六师飞渡。　此去，无自堕。金印如斗，独在功名取。断锁机谋，垂鞭方略，人事本无今古。试展卧龙韬韫，果见成功旦莫。问江左，想云霓望切，玄黄迎路。"余又尝问开禧降者，能诵忆尚多，不能尽识。观其所存，寓一二于十百，其桀骜之气已溢于辞表，它盖可知也。犬猖鸮鸣，要充其性，不足乎议。软屏诗，《正隆事迹》以为翰林修撰蔡珪所作，诡曰御制。反复它作，似出一机杼，或者传疑益讹，抑其余皆出于视草，亦无所致诘。录所见者聊以寓志怪云，洪文敏《夷坚·支景》仅载其二，它不传。

卷第九十三则

裕陵圣瑞

裕陵年十三，居于濮邸。一日正昼憩便寝，英祖忽顾问何在，左右褰帐，方见偃卧，有紫气自鼻中出，盘旋如香篆，大骇，亟以闻。英祖笑曰："勿视也。"后三年，亦以在寝寤惊，钦圣请其故，曰："方熟寐，忽觉身在云表，有二神人捧足以登天，是以呼耳！"既而果登大宝。元祐元年三月十四日，诏录圣瑞之详，付宗正寺。

状元双笔

内黄傅珏者，以财雄大名。父世隆，决科为二千石。珏不力于学，弁鶡碌碌下僚，独能知人。尝坐都市，阅公卿车骑之过者，言它日位所至，无毫发差。初不能相术，每曰："予自得于心，亦不能解也。"尝寓北海，王沂公曾始就乡举，珏偶俟其姻于棘围之外遇之，明日，以双笔要而遗之，曰："公必冠多士，位宰相，它日无相忘。"闻者皆笑。珏不为怍，遂定交，倾赀以助其用，沂公赖之。既而如言。故沂公与其二弟以兄事之，终身不少替。前辈风谊凛凛固可敬，而珏之识亦未易多得也。珏死明道间，官止右班殿直，监博州酒。其孙献简尧俞，元祐中为中书侍郎，自志其墓。余旧尝见前辈所记，与志微不同。

尧舜二字

欧阳文忠知贡举，省闱故事，士子有疑，许上请。文忠方以复古道自任，将明告之，以崇雅黜浮，期以丕变文格，盖至日昃，犹有喋喋弗去者，过晡稍阒矣。方与诸公酌酒赋诗，士又有扣帘，梅圣俞怒曰：

“渎则不告，当勿对。”文忠不可，竟出应，鹄袍环立观所问。士忽前曰：“诸生欲用尧舜字，而疑其为一事或二事，惟先生幸教之。”观者哄然笑。文忠不动色，徐曰：“似此疑事诚恐其误，但不必用可也。”内外又一笑。它日每为学者言，必蹙頞及之，一时传以为雅谑。余按《东斋记事》，指为杨文公，而徒问其为几时人，岁远传疑，未知孰是。然是举也，实得东坡先生，识者谓不啻足为词场刷耻矣，彼士何嗤？

正隆南寇

金国伪正隆丁丑春二月，逆亮御武德殿，召其臣吏部尚书李通、刑部尚书胡励、翰林直学士萧廉，赐坐而语之曰：“朕自即位，视阅章奏，治宫中事，常至丙夜，始御内寝。畴昔之夜，方就榻，恍惚如亲觌有二青衣，持幢节自天降，授朕以幅纸若牒，谓上帝有宣命。朕再拜受，遂佩弓矢，具鍪铠，将从之前。而朕常所御小骓号小将军者，倏已鞚勒待墀下，青衣揖就骑。既行，但觉云雾勃郁起马蹄间，下如海涛汹涌。方觉心悸，望一门正开，金碧焜耀，青衣指之曰：‘天门也。’朕随入焉。又里许，至钧天之宫，严邃宏丽，光明夺目。朕意欲驰，二金甲人谓朕曰：‘此非人间，可下马步入。’及殿下，垂帘若有所待。须臾，有朱衣出赞拜，仿佛闻殿上语，如婴儿，使青衣传宣畀朕曰：‘天策上将，令征某国。’朕伏而谢。出复就马，见兵如鬼者，左右前后，杳无边际。发一矢射之，万鬼齐喏，声如震雷，惊而寤，喏犹不绝于耳。朕立遣内侍至厩，视小将军，喘汗雨浃，取箭箙数之，亦亡其一矣。昭应如此，岂天假手于我，令混江南之车书乎？方与卿等图之。谨无泄。”众皆称贺，于是始萌芽南牧之议矣。明年夏五月，复召通及翰林学士承旨翟永固、宣徽使敬嗣晖、翰林直学士韩汝嘉入见薰风殿，问曰：“朕欲迁都于汴，遂以伐宋，使海内一统，卿意如何？”通以“天时人事，不可失机”为对，亮大悦。永固却立楹间，亮顾见之，问之故，徐进曰：“臣有愚虑，请殚一得。本朝自海上造邦，民未见德，而黩兵是闻，皇统亦知其不戢之自焚也。故虽如梁王之武毅，犹以和为长策。今宋室偏安，天命未改，金缯缔好，岁事无阙，遽欲出无名之师，以事远征，臣窃以为未便。兼中都始成,未及数载,帑藏虚乏,丁壮疲瘁,营汴而居,是欲竭根本富庶之力,以缮争战丘墟之地,尤为非宜。臣事陛下,不敢不以正对。”因伏地请死。亮以问晖、汝嘉。晖是通,汝嘉是永固。亮大怒,拂袖起,传宣二臣殿侧听旨。继而召翰林待制綦戬讲汉史,戬及陆贾《新语》事,亮怒稍霁,乃赦之。明日,通为右丞,晖为参知政事,永固遂请老。又明年,左丞相张浩及晖,与叛臣孔彦舟、内侍梁汉臣卒营汴焉。帝犯之祸实昉此。汝嘉又二年来盱眙传命谕,却我使人徐嘉等,归而微谏,竟不免戮。余读张棣《正隆事迹》,博考它记,而得其颠末。熊克《中兴小历》,书于绍兴二十八年者,盖误以薰风之事,合于武德云。梁王者,大酋兀术之封,李大谅《征蒙记》谓尝追册以帝号。按绍兴辛巳,高景山来求淮汉地,指初画疆事,亦以为梁王,要当以国中通言者为正。

鳖渡桥

虞雍公允文以西掖赞督议,既却逆亮于采石,还至金陵,谒叶枢密义问于玉帐,留钥,张忠定焘及幕属冯校书方、洪检详迈在焉,相与劳问江上战拒之详。天风欲雪,因留卯饮,酒方行,流星警报沓至,盖亮已惩前衄,将改图瓜洲。坐上皆恐,谓其必致怨于我也。时刘武忠锜屯京口,病且亟,度未必可倚,议遣幕府合谋支敌。众以雍公新立功,咸属目。叶四顾久之,酌卮醪以前曰:“冯、洪二君虽参帷幄,实未履行阵。舍人威名方新,士卒想望,勉为国家,卒此勋业,义问与有赖焉。”雍公受卮起立曰:“某去则不妨,然记得一小话,敢为都督诵之。昔有人得一鳖,欲烹而食之,不忍当杀生之名,乃炽火使釜水百沸,横篠为桥,与鳖约曰:‘能渡此,则活汝。’鳖知主人以计取之,勉力爬沙,仅能一渡。主人曰:‘汝能渡桥甚善。更为渡一遭,我欲观之。’仆之此行,无乃类是乎!”席上皆笑。已而雍公竟如镇江,亮不克渡而弑,自此简上知,驯致魁柄。鳖渡,本谚语,以为蟹,其义则同。

燕山先见

宣和将伐燕，用其降人马植之谋，由登、莱航海以使于女真，约尽取辽地而分之，子女玉帛归女真，土地归我。议既定矣，宇文肃愍虚中在西掖，昌言开边之非策，论事亹亹，王黼恶之。及童贯、蔡攸以宣威建台，遂使之参谋，意欲溷以同浴，且窒其口。时有旨："兵兴避事，皆从军法。"肃愍不得免，乃上书极谏曰："臣伏睹陛下恢睿圣英武之略，绍祖宗之诒谋，将举仁义之师，复燕云之故境，不以臣愚不肖，使参预机密。臣被命之初，意谓朝廷未有定议，欲命臣经度，相视其事。及至河北诸路，见朝廷命将帅，调兵旅，厉器械，转移钱粮，已有择日定举之说。臣既与军政，苟有所见，岂敢隐嘿？辄具利害，仰干渊听：臣闻用兵之策，必先计强弱虚实，知彼知己，以图万全。今论财用之多寡，指宣抚司所置，便为财用有余；若沿边诸郡帑藏空虚，廪食不继，则略而不问。论士卒之强弱，视宣抚司所驻，便言兵甲精锐；若沿边诸郡，士不练习，武备刓缺，则置而不讲。夫边圉无应敌之具，军府无数日之粮，虽孙、吴复生，亦未可举师。是在我者，未有万全之策也。用兵之道，御攻者易，攻人者难；守城者易，攻城者难；守者在内，而攻者在外，在内为主而常逸，在外为客而常劳；逸者必安，劳者必危。今宣抚司兵，约有六万，边鄙可用，不过数千。契丹九大王耶律淳者，智略辐凑，素得士心，国主委任，信而不疑。今欲亟进兵于燕城之下，使契丹自西山以轻兵绝吾粮道，又自营平以重兵压我营垒，我之粮道不继，而耶律淳者激励众心，坚城自守，则我亦危殆矣。是在彼者，未有必胜之兆也。夫在我无万全之策，在彼亦未可必胜；兹事一举，乃安危存亡之所系，岂可轻议乎？且中国与契丹讲和，今逾百年，间有贪惏，不过欲得关南十县而止耳；间有傲慢，不过对中国使人稍亏礼节而止耳。自女真侵削以来，向慕本朝，一切恭顺。今舍恭顺之契丹，不封殖拯救，为我藩篱；而远逾海外，引强悍之女真以为邻国，彼既籍百胜之势，虚喝骄矜，不可以礼义服也，不可以言说谕也。视中国与契丹，拏兵不止，鏖战不解，胜负未决，强弱未分，持卞庄两斗之说，引兵逾古北口，抚有悖桀之众，系累契丹君臣，雄据朔漠，贪心不止，越逸疆圉，凭陵中夏。以百年怠堕之兵，而当新锐难敌之虏；以寡谋持重、久安闲逸之将，而角逐于血肉之林，巧拙异谋，勇怯异势，臣恐中国之边患，未有宁息之期也。譬犹富人有万金之产，与寒士为邻，欲肆并吞，以广其居，乃引强盗而谋曰：'彼之所处，汝居其半，彼之所畜，汝取其全。'强盗从之。寒士既亡，虽有万金之富，日为切邻强盗所窥，欲一夕高枕安卧，其可得乎？愚见窃以为确喻。望陛下思祖宗创业之艰难，念邻域百年之盟好，下臣此章，使百寮廷议。傥臣言可采，乞降诏旨，罢将帅还朝，无滋边隙，俾中国衣冠礼义之俗，永睹升平，天下幸甚。冒昧尽言，不任战栗。"书下三省，黼读之，大怒，捃以他事，除集英殿修撰，督战益急，而北事始不可收拾矣。辽又有降将曰郭药师，统其卒曰"常胜军"，怙宠负众，渐桀骜不可驯。肃愍忧之，力言于朝，请以恩礼，留之京师，尽使挈致家属，居于赐第，缓急有用，只以单骑遣行，事毕即归，以杜后患。亦弗听。既而金人寒盟，药师首叛，粘罕遂犯太原。肃愍以宣谕使事归奏，徽祖见之，叹曰："王黼不用卿封殖契丹以为藩篱之议，是以有此。"是日，遂诏于榻前草诏罪己，大革弊政，其略曰："百姓怨怼而朕不知，上天震怒而朕不悟。"令下，人心大悦。识者以比陆贽感泣山东之诏云。植之归，以童贯。先改姓名李良嗣，后赐国姓，靖康初伏诛。药师仕金，至安邦镇国功臣，其子亦显。

蠲毒圆

高皇毓圣中原，得西北之正气，夙赋充实，自少至耄，未尝用温剂。每小不怡，辄进蠲毒圆数百，一以芫花、大黄、大戟为主，侍医缩颈，而上服之自如。有王泾者，以伎进，侈言勇往，居之不怍，间奉圭匕，先意持论，自诡无伤。孝宗素危之，屡诘责，要以祸福，弗之顾。淳熙丁未，圣寿逾八龄矣。一日，进馄饨，觉胸膈咳壅，泾犹主前药，既投而不支，遂以大渐。孝宗震怒，立诏诛之。慈福要上苦谏，薄不获已，减死黥流，杖脊朝天门。中使莅焉，方觊其速毙，泾货五伯下其手，卒得活。初，巨医王继先幸绍兴，始用是，取验。孝宗在朱邸，扈跸视师，至建康，馆秦桧故第。史文惠为讲官，实从行。燕之正堂，而命庄文醴、曾龙于后圃。孝宗乐，饮以码碯觥，釂者十二，因游于圃，二臣复各献一卮。后三日，属疾，高皇赐药，使内侍视之服。文惠闻之，疑其为钃毒，亟袖人参圆入，问而信，遂窃易之，仅愈。是日微文惠，几殆。高皇盖主此，而不知南北之异禀也。泾祖继先之绪余，株守不变，是以败云。

宪圣护医

宪圣后在慈福，庆元丁巳，朝廷方卜郊，而后不豫，始犹自强起，曰："上始郊，不可以吾故溷斋思。"敕左右勿奏。十一月乙巳，还御端门，肆眚竣事，趣驾至宫，而大渐矣。先是旬日忽寝疾，侍医进药，辄却之。咸请其故，喟然曰："吾寿八袠，而以医累人耶?"意惩王泾之得罪也。故庙谥之议曰："却药辍进，务全护医。"盖纪实云。京魏公镗时当轴，尝亲为客言。慈圣所谓"只此日去，免烦他百官"，其达死生之变，真若出一揆也。

鲁公拜后

庆元间，有宿儒，以文名入鳌掖为承旨，朝议谓且大用。会韩平原有归子曰葎，先钤吴门兵时，出妾方娠，鬻当湖巨室鲁氏，得男焉，葎也。既贵，无他子，遂以重币请于鲁而归之。始至，而平原适有恩制当降麻，偶不详知，遂于廷纶中，用鲁公拜后事，意盖指忠献耳。有欲进者忌之，摘其语，谓含讥刺。平原读之，见其姓之偶符，大怒，不逾月，遂去国，终其身不复用。当其下笔时，初不自觉转喉之触。谓祸福不可以智力胜，当于此乎占之。

金陵无名诗

熙宁七年四月，王荆公罢相，镇金陵。是秋，江左大蝗，有无名子题诗赏心亭，曰："青苗免役两妨农，天下嗷嗷怨相公。惟有蝗虫感恩德，又随钧旆过江东。"荆公一日饯客至亭上，览之不悦，命左右物色，竟莫知其为何人也。

万岁山瑞禽

艮岳初建，诸巨珰争出新意事土木。既宏丽矣，独念四方所贡珍禽之在圃者，不能尽驯。有市人薛翁，素以豢扰为优场戏，请于童贯，愿役其间。许之。乃日集舆卫，鸣跸张黄屋以游，至则以巨柈，贮肉炙粱米。翁效禽鸣，以致其类。既乃饱饫翔泳，听其去来。月余而囿者四集，不假鸣而致，益狎玩，立鞭扇间，不复畏。遂自命局曰"来仪"，所招四方笼畜者，置官司以总之。一日，徽祖幸是山，闻清道声，望而群翔者数万焉。翁辄先以牙牌奏道左，曰："万岁山瑞禽迎驾。"上顾罔测，大喜，命以官，赉予加厚。靖康围城之际，有诏许捕，驯籞者皆不去，民徒手得之，以充飧云。

王泾庸医

宇文忠惠绍节在枢府，余间见焉。因及五行之理，相与纵谭。有客在坐，偶曰："黥医王泾者，昨鞭背都市，流远方。及平原用事，始得归，稍叙故秩，自言元不曾受杖，尝袒而示某以背，完莹无疵，初不解其如何也。后见他医，言杖皆有瘢，惟噬肤之初，傅以金箔，则瘢立消，意金木之性相制耳。"忠惠笑曰："昔人有以胝足之药售于市者，辄揭扁于门曰：'供御'。或笑其不根，闻于上，召而罪之。既而宥其愚，及出，乃复增四字曰：'曾经宣唤。'今此方无乃其比耶！子将谁售？"客亦笑不敢应。时忠惠未识泾也。其二年，余在里下，闻忠惠不起，为位以哭，及都人来，乃云："泾实用斸毒泻足疾，以致大故。朝廷知之，再命追泾所复官，免杖流永兴。"余因忆在京华时，傅著作行简、姚胄丞师皋皆甘泾饵，目击其殒。著作未启手足，犹进一刀圭，不脱口而逝。余一日随班景灵，见胄丞殿门下，云痰癖新愈，因相劳苦。则曰："王御医实生我，癖去矣，痰下者数斗，今顾疲苶，他则无恙。"余闻而私忧之，谓未必能胜。未旬，果卒。嗟夫！医之害如此哉。追思畴昔之言，为之流涕，并志颠末以悼其庸。

黑虎王医师

余稚年入闽，过福，闻有黑虎王医师者，富甲一郡，问之，则继先之别名也。继先世业医，其大父居京师，以黑虎丹自名，因号"黑虎王家"。及继先幸于高宗，积官留后，通国称为医师，虽贬犹得丽于称谓焉。初，秦桧擅权而未张，颇赂上左右以固宠，继先实表里之。当其盛时，势焰与桧挈大，张去为而下不论也。诸大帅率相与父事，王胜在偏校，因韩蕲王以求见，首愿为养子，遂帅金陵军。闻者争效，不以为怪。桧欲贵其姻族，不自言，每请进继先之党与官；继先亦乘间为桧请，诸子至列延阁，金紫盈门。掩顾赇谢，攘市便腴，抑民子女为妾侍，罪不可胜纪，而衣凭城社，中外不敢议者三十年。绍兴辛巳六月，蜀人杜莘老为南床，拟击之而未发。会边衅启，继先首辇重宝为南遁计，都城为之骚然。上闻之不乐。刘武忠锜帅京口，请以先发制人之策，决用兵。上意犹隐忍不决，亶欲以兵应。继先素怯，犹幸和议之坚以窃安，因间言于上曰："边鄙本无事，盖新进用主兵官，好作弗靖，欲邀功耳。各斩一二人，和可复固。"上不答，徐谓侍貂曰："是欲我斩刘锜耶?"于是素轧其下而不得逞者，颇浸润及之矣。逆亮索我大臣，廷遣徐嘉、张抡往聘。亮以非指，使谏议大夫韩汝嘉至盱眙止之，更令遣所索。奏至，上适在刘婕妤阁，当馈辍食。婕妤怪之，问诸侍貂而得其繇，进说宽譬，颇与继先之言符。上大惊，问曰："汝安得此?"婕妤不能隐，具以所闻对。遂益怒。丁未，诏婕妤归别第。莘老遂上疏，列其十罪。初进读，玉色犹怫然。莘老扣榻曰："臣以执法事陛下，不能去一医，死不敢退。”犹未许，因密言：“外议谓继先以左道幸，恐谤议丛起，臣且不忍听。”上始变色首肯，罢朝，使宣旨曰：“朕以显仁饵汝药，故假尔宠，今言者如此，当不复有面目见朕，期三日有施行，其自图之。”辛亥，遂诏继先居于福，子孙勒停都城田宅皆没官，奴婢之强鬻者从便。令下，中外大悦。继先以先事闻诏，多藏远徙，故虽籍，不害其富也。迄今其故居华栋连甍，犹号巨室，一传而子弟荡析，至不能家。或者谓其致不以其道，宜于厚亡。赵甡之作《中兴遗史》，载继先始末极详，参以所闻，而著其事。

卷第十八则

永泰挽章

建中靖国初，徽祖自藩王入继大统，虚心纳谏，弊政大革，海内颙想，庶几庆历、元祐之治。曾文肃为相，颇右绍述，谏官陈祐六疏劾之，不从，赐罢，纶言以观望推引责之。右司谏江公望闻而求对，面请其故，上曰："祐意在逐布，引李清臣为相耳。"公望言臣不知其他，但近者易言官者三，逐谏官者七，非朝廷美事，因袖疏力言丰、祐政事得失，且曰："陛下若自分彼此，必且起祸乱之源。"上意感格，危从之矣。会前太学博士范致虚上书言太学取士法不当变，且言："臣读圣制《泰陵挽章》曰：'同绍裕陵尊。'此陛下孝弟之本心也。臣愿守此而已。"时黄冠初盛，范因右街道录徐知常，以其姓名闻禁中，且陈平日趋向，谓非相蔡京不可。上幡然，亟召见，曰："朕且不次用卿。"遂除右正言。才供职，首论二事：其一言神宗一代之史，非绍圣无以察正元祐之诋谤，今复诏参修，是纷更也，愿令史官条具绍圣之所以掩蔽者示天下。其二言元祐置诉理，所以雪先朝得罪之人，绍圣命安享蹇序辰驳正，固当然耳，二人乃坐除名，如此则诉理为是矣。夫二臣之罪不除，则两朝之谤终在。疏奏，上益向之。于是国论始决。是秋，江以论蔡邸狱，责知淮阳军。范驯致尚书左丞云。

殿中鹇

徽祖居端邸时，艺文之暇，颇好驯养禽兽以供玩。及即位，貂珰奉承，罗致稍广。江公望在谏省闻之，亟谏。上大悦，即日诏内籞，尽纵勿复留。殿中有一鹇，蓄久而驯，不肯去。上亲以麈尾逐之，迄不离左右。乃刻公望姓名于麈柄，曰："朕以旌直也。"及江去国，享上之论兴，浸淫及于艮岳矣。都城广莫，秋风夜静，禽兽之声四彻，宛如郊野。识者以为不祥，益思江之忠焉。

刘蕴古

刘蕴古，燕人也。逆亮将南寇，使之伪降以觇国，而无以得吾柄，乃以首饰贩鬻，往来寿春，颇言两国事，见淮贾，辄流涕曰："予何时见天日耶！"因纵谭亮国虚实，以啖朝廷，自诡苟见用，取中原，灭大金，直易事耳。边臣不疑，密以名闻，时兵衅已启，诏许引接。至行都，首言其二弟在北，皆登巍科，惟己两荐礼部而未第，因谋南归，以成功名。当国者喜之，遂授迪功郎、浙西帅司，准备差遣，时绍兴三十一年九月癸巳也。蕴古犹不厌意，日强聒于朝，辩舌泉涌，廷臣咸奇之。会亮诛，未得间以北，继改京秩为鄂倅。隆兴初元三月，濠梁奏北方游手万余人应募，欲以营田。蕴古闻而有请，愿得自将以与虏角，毋使徒老耒耜间。左揆陈文正、参预张忠定、同知辛简穆咸是之，次相史文惠独不可，曰："是必奸人，来为虏间，国家隄防稍密，不得施其伎，欲姑以此万人，藉手反国耳。"诸公杂然谓逆诈，文惠顾行首吏召之曰："俟其来，当可见也。"相与坐堂中，俟久之，至，文惠迎谓曰："昔樊哙欲以十万众横行匈奴中，议者犹以为可斩，子得万乌合，何能为？"蕴古素谓庙议咸许其来也，意得甚，卒闻此语，大骇失色，遽曰："某意无他，此万人家口皆不来，必不为吾用。不如乘其未定，挟去为一拍，事幸成，犹不可知耳。"文惠顾诸公曰："已得知，通判之言是矣。此万人固不留，独不知通判盛眷，今在何所？"时蕴古家在幽、燕，自知失言，内愒不得对，比茶瓯至，战灼不复能执，几堕地，遂退。诸公犹不然，然迄得不遣。既逾月，张忠献奏改倅太平州，往来都督府，禀议军事。后数载，蕴古私使其仆骆昂北归，有告者，及搜所遣家讯，则皆刺朝廷机事也。乃伏其诛，于是始服文惠之先识焉。初，吴山有伍员祠，瞰阛阓，都人敬事之。有富民捐赀为扁额，金碧甚侈，蕴古始至，辄乞灵焉，妄谓有心诺，辍俸易牌，而刻其官位姓名于旁。市人皆惊，曰："以新易旧，恶其不华耳。易之而不如其旧，其意果何在？"有右武大夫魏仲昌者，独曰："是不难晓。他人之归正者，侥幸官爵金帛而已。蕴古则真细作也。夫谍之入境，不止一人，榜其名，所以示踵至者，欲其知己至耳。"闻者怃然不信，后卒如言。余尝谓纳降非上策，见于前录吴畏斋启。文惠之谋国，可以言智矣。仲昌一武弁，乃能逆见奸人之情，其才亦有足称者，今世殆不多见也。

大散论赏书

绍兴壬午春，南北既交兵，蜀宣抚使吴璘谋取雍，使大将姚仲攻大散关，不下。仲久于军，妄谓军士不用命，实赏给之薄，故功且弗成。王参预之望时总军赋，仲之幕属曰朱绂，尝登门焉，以书抵之曰："先生以博大高明之学。当艰难险阻之时，凡百施设，莫非经久。顾兹全蜀，久赖绥抚，虽三边用兵之际，无征输重困之劳。自非先生以体国爱民为念，何以及此？天下之势，固有不两立者，兵与民是也。兵不可不费财，而责其万死之功；民不可不出财，而济其一时之急，此天下之通理也。先生深知兵民两相为用之策，闻蜀民自军兴之后，恬然自安，不有用兵之费，先生恩德，固亦大矣。然有可言者，绂为先生门下士，岂敢自隐，且时异事异，故宜改更，不可执一。自虏人九月六日叩关，于时事出仓卒，诸将云：'大军一出，必遂破敌。'初，宣抚吴公自谓可以两月为期，必能克敌，既而虏壁愈坚，相持已逾四月矣。将帅牵制，久未成功，兵不可不谓之暴露。如今日事势与前日不同，先生当相时之宜，以取必胜，兹其时也。闻之诸军斗志不锐，战心不壮，且曰：'使我力战，就能果立微劳，其如赏给当在何处，伺候核实保明，申获宣司、总司、旨麾，往返数旬，岂能济急？'大率在今之势，与前既异，不立重赏，何以责人？前宣抚吴公，仅能保守全蜀，盖赏厚而战士用命也。先生详酌事机，别与措置，略于川蜀科敷军须之费十分之一，多与准备给赏钱物近一二百万，自总所移文诸帅，明出晓示，号令诸军，各使立功，以就见赏。谓如散关一处，设使当初有银绢各一二万匹两，钱引一二十万道，椿在凤州，宣抚吴公、节使姚公，以上件赏给，明告诸军，遣二三统制官便宜，各以其所部全军一出，谕之曰：'当进而退，则坐以军法；进而胜捷，能破关隘，则有此重赏。'如是而军不用命，虏不破灭，无有也。说者谓方今朝廷财用匮乏，若夤缘军兴，而费耗国用，则先生所不取。绂曰：不然！先生体国爱民之心，朝野孰不知？兵事固有当更张而不更张，则悠久相持，不能力济机会，一劳而久逸，暂赏而永宁，正在此举。绂之区区，未必可行，幸先生恕其狂愚，或以为可教，则一览付火。"王读之，大骇，乃答书曰："辱示札目，见咎不科敷百姓，异哉！足下之言也。本所以财赋为职事，应副诸军，自当竭力。若是军须阙乏，有功将士合赏，但于王少卿取办可也；至于科敷，他人何预哉？仆中原人，蜀中无一钱生业，亦无亲族寓居，其不科敷，何私于蜀？盖以大军十余万众，仰给于此，不得不爱养其民力，以固根本。有四川民力，则有三军；四川民穷，则三军坐困矣。如足下辈月俸岁廪，不从空虚中来，亦知其所自乎？朝廷德意深厚，每务宽恤，东南调度如此，不闻敛取于民，四川独可加赋乎？国家养兵，所以保民，而足下乃谓军民不两立，恐非安民和众、制用丰财之义。又云，用兵本约两月，今已四个月，然则解严未可期也。若本所当时便徇诸处无艺之求，只作两个月计，则今日何以支吾，事未可期，则所费无限，且不爱民力，以备方来之须，将如异日何？仆之敛于民，乃所以为诸军也。用兵一百三十日，糗粮、草料、银绢、钱引，所在委积，未尝乏与。而足下乃云尔，不知军行出入，何处阙钱粮草料。累次喝犒，并朝廷支赐，自是诸军应报稽缓，文字才到，本所立便给散，略无留阻。若是激赏，则须俟有功；诸军既无功状，本所凭何支破？散关前日不下，闻自有说，莫不为无银绢钱引否？不知散关是险固不可取乎？是有可取之理，而无银绢钱引之故乎？士卒不肯用命，岂计司之责，必有任其咎者；况闻攻关之日，死伤不少，则非士卒之不用命矣。自来兵家行动，若逗挠无功，多是以粮道不继，嫁祸于有司以自解，亦未闻以无堆垛赏给为词者也。国家息兵二十年，将士不战，竭四川之资以奉之；一旦临敌，更须堆垛银绢而后可用，则军政可知矣。且如向来和尚原、丁刘圈、杀金平诸军大捷，近日吴宣抚取方山原、秦州等处，王四厢取商、虢等州，吴四厢取唐、邓州，不闻先垛银绢，始能破贼也。朝廷赏格甚明，本所初无悭吝，如秦州、治平之功，得宣司关状，即时行下鱼关支散，何尝稍令阙悮？兼鱼关签厅，所备金帛钱物，充满府藏；宣抚不住关拨，岂是无椿办也？顾生民膏血，不容无功而得耳。假令仆重行科敷，积金至斗，诸军衣粮犒设支赐之外，若无功效，一钱岂容妄得哉？果有功，岂容本所以不科敷而不赏乎！诸军但务立功，无患赏给之不行也，但管取足，无问总所之科敷也。刘晏敛不及民，何害李、郭之勋，李晟屯东渭桥，无积赀输粮，以忠义感人，卒灭大盗。足下以书生为人幕府，不能以此等事规赞主帅，而反咎王人以不敛于民，岂不异哉！九月以后，兴元一军，支拨过钱引二十八万道，银绢二千匹两，而糗粮草料与犒设、赏钱之类不与焉，亦不为不应副矣。若皆及将士，岂不可以立功？有功赏而未得者，何人也？朝廷分司差职，各有所主，而于财贿出纳为尤严，经由检察，互相关防，所有屡降旨挥，凡有支费，宣司审实，总所量度，此古今通义，而圣朝之明制也。足下独不办，何哉？来书谓攻散关，若得银绢一二万匹两，钱引一二十万，椿在凤州，有此重赏，而虏不破灭，无有也。椿在凤州，与鱼关何异？方宣抚以攻守之策，会问节使时，亦不闻以此为言。今散关、凤翔未破，足下可与军中议，取散关要银绢钱引若干，取凤翔要若干，可以必克。本所当一切抱认，足下可结罪保明具申，当以闻于朝廷。如克敌而赏不行，仆之责也。若本所抱认而不能成功，足下当如何？仆前后见将帅多是忠义赴功、捐躯报国之人，只缘幕中导之或非其道，以至害事。如姚帅之贤，固不妄听，然足下自不应为此异论也，万一朝廷闻之，得无不可乎？之望尝备员剡荐，预有惧焉，且宜勉思婉画，谨重话言，勿恤小利，以败大事，但得主帅成功，足下复何求哉？信笔不觉喋喋，幸照。"绂得书，颇自惭悔，仲亦大恐。闰月癸酉，率诸军肉薄而登，遂克之。余尝从蜀士大夫得其书，谓今世言功者，多约取而丰责，先事质偿，如宿逋然，神州未复，端坐此耳。王之尽理，仲之补过，绂之服义，要皆可书，故剟取其详而传之。

成都贡院

成都新繁有藏艺祖御容者，莫知始何年，令长交事匽护，畀付惟谨。淳熙间,胡给事元质制置四川,闻之,谓偏陬下鄙,非所宜有,命归之府。议以为乾德平僭伪,虽銮舆不亲幸,而耆定一方,实为隽功,欲扳援章武端命故事,建殿以严毖奉。遂斥羡财鸠工,伐巨木千章,卜地筑宫有日矣。僚采或谓郡国私建宗庙,谊盍先以闻,俟报可。胡竦然,乃暂辍役,驿书请于朝廷。议果不以为然,弗之许。胡大沮,念木石已具,且动观瞻,不容已,会贡院敝甚,因撤而新之,既毕工,壮丽甲西州焉。事有适会乃如此,向子西能言其详,因伶语而及兹说。

万春伶语

胡给事既新贡院,嗣岁庚子适大比,乃侈其事,命供帐考校者,悉倍前规。鹄袍入试,茗卒馈浆,公庖继肉,坐案宽洁,执事恪敬,誾誾于于,以鬯于文,士论大惬。会初场赋题出《孟子》“舜闻善若决江河”,而以“闻善而行,沛然莫御”为韵。士既就案矣,蜀俗敬长而尚先达,每在广场,不废请益焉。晡后,忽一老儒擿礼部韵示诸生,谓沛字惟十四泰有之,一为颠沛,一为沛邑,注无沛决之义,惟它有霈字,乃从雨,为可疑。众曰:“是。”哄然扣帘请。出题者偶假寐,有少年出酬之,漫不经意,亶云:“礼部韵注义既非,增一雨头,无害也。”揖而退,如言以登于卷。坐远于帘者,或不闻知,乃仍用前字。于是试者用霈沛各半。明日,将试《论语》“籍籍传”,凡用“沛”字者皆窘。复扣帘,出题者初不知昨夕之对,应曰:“如字。”廷中大喧,浸不可制,噪而入,曰:“试官误我三年,利害不细。”帘前閧木如拱,皆折,或入于房,执考校者一人殴之。考校者惶遽,急曰:“有雨头也得,无雨头也得。”或又咎其误,曰:“第二场更不敢也。”盖一时祈脱之辞。移时稍定,试司申鼓噪场屋,胡以不称于礼遇也,怒,物色为首者,尽系狱。韦布益不平。既拆号,例宴主司以劳还,毕三爵,优伶序进。有儒服立于前者,一人旁揖之,相与诧博洽、辨古今,岸然不相下。因各求挑试所诵忆,其一问:“汉四百载,名宰相凡几?”儒服以萧、曹而下枚数之无遗,群优咸赞其能。乃曰:“汉相,吾言之矣;敢问唐三百载,名将帅何人也?”旁揖者亦诎指英、卫,以及季叶,曰:“张巡、许远、田万春。”儒服奋起争曰："巡、远是也，万春之姓雷，历考史谍，未有以雷为田者。"揖者不服，撑拒滕口。俄一绿衣参军，自称教授，前据几，二人敬质疑，曰："是故雷姓。"揖者大诟，袒裼奋拳，教授遽作恐惧状，曰："有雨头也得，无雨头也得。"坐中方失色，知其风己也。忽优有黄衣者，持令旗跃出稠人中，曰："制置大学给事台旨，试官在坐，尔辈安得无礼。"群优亟敛容，趋下，喏曰："第二场更不敢也。"侠陛皆笑，席客大惭，明日遁去，遂释系者。胡意其为郡士所使，录优而诘之，杖而出诸境，然其语盛传迄今。

山谷范滂传

山谷在宜州，尝大书《后汉书·范滂传》，字径数寸，笔势飘动，超出翰墨迳庭，意盖以悼党锢之为汉祸也。后百年，真迹逸人间，赵忠定得之，宝置巾箧，搢绅题跋，如牛腰焉。既乃躬蹈其祸，可谓奇谶。嘉定壬申，忠定之子崇宪守九江，刻石郡治四说堂。

紫岩二铭

张紫岩谪居十五年，忧国耿耿，不替昕夕。适权奸新毙，时宰恃虏好而不固圉，紫岩方居母丧，上疏论事，朝廷以为狂，复诏居零陵。一日，慨然作几间丸墨并常支筇竹杖二铭，以寓意。《墨》之铭曰："存身于昏昏，而天下之理因以昭昭。斯为潇湘之宝，予将与之归老。"而《逍遥杖》之铭曰："用则行，舍则藏，惟我与尔；危不持，颠不扶，则焉用彼。"或录以示当路，大怒，以为讽己，将奏之，会病卒，不果。它日，陈正献俊卿为孝皇诵之，摘其一铭，书于御杖焉。

卷第十一八则

李白竹枝词

绍圣二年四月甲申，山谷以史事谪黔南。道间，作《竹枝词》二篇，题歌罗驿，曰："撑崖拄谷蝮蛇愁，入箐攀天猿掉头。鬼门关外莫言远，五十三驿是皇州。""浮云一百八盘萦，落日四十九渡明。鬼门关外莫言远，四海一家皆弟兄。"又自书其后，曰："古乐府有'巴东三峡巫峡长，猿鸣三声泪沾裳'，但以抑怨之音和为数叠，惜其声今不传。余自荆州上峡、入黔中，备尝山川险阻，因作二叠，传与巴娘，令以《竹枝》歌之，前一叠可和云：'鬼门关外莫言远，五十三驿是皇州。'后一叠可和云：'鬼门关外莫言远，四海一家皆弟兄。'或各用四句，入《阳关》、《小秦王》，亦可歌也。"是夜宿于驿，梦李白相见于山间，曰："予往谪夜郎，于此闻杜鹃，作《竹枝词》三叠，世传之不子细，忆集中无有，三诵而使之传焉。其辞曰：'一声望帝花片飞，万里明妃雪打围。马上胡儿那解听，琵琶应道不如归。''竹竿坡面蛇倒退，摩围山腰胡孙愁。杜鹃无血可续泪，何日金鸡赦九州？''命轻人鲊瓮头船，日瘦鬼门关外天。北人堕泪南人笑，青壁无梯闻杜鹃。'"今《豫章集》所刊，盖自谓梦中语也，音响节奏似矣，而不能揜其真，亦寓言之流欤！

蚁蝶图

党祸既起，山谷居黔。有以屏图遗之者，绘双蝶翾舞，罥于蛛丝而队，蚁憧憧其间，题六言于上曰："胡蝶双飞得意，偶然毕命网罗。群蚁争收坠翼，策勋归去南柯。"崇宁间，又迁于宜。图偶为人携入京，鬻于相国寺肆。蔡客得之，以示元长。元长大怒，将指为怨望，重其贬,会以讣奏仅免。其在黔,尝摘香山句为十诗,卒章曰:“病人多梦医,囚人多梦赦。如何春来梦,合眼在乡社。”一时网罗之味,盖可想见。然余观其前篇,又有“冥怀齐远近,委顺随南北。归去诚可怜,天涯住亦得”之句,浩然之气,又有百折而不衰者存。蚁计左矣。

周益公降官

周益公相两朝。庆元间,以退傅居于吉,隐然有东山之望。当路忌之。时善类引去者纷纷,一皆指为伪学。婺有吕祖泰者,东莱之别派也,勇义敢言,愤时事之日非,奋然投匦上书,力诋用事者,且乞以益公为相。皂囊下三省,朝论杂然起,或以为益公实颐指之,遂露章奏劾。且谓淳熙之季,王鲁公为首台,益公尝挤而夺之位,以身为伪学标准,羽翼其徒,使邪说横流,以害天下。屏居田野,不自循省,而诱致狂生,扣阍自荐,以觊召用,乞加贬削。上不以为然。言者益急,乃镌一官为少保,下祖泰于天府,杖而窜之。益公上表谢。余时在里中,传得之。今尚忆其全文,曰:“告老七年,宿愆故在;贬官一等,洪造难名。敢期垂尽之年,犹丽怙终之罪。中谢。伏念臣疏庸一介,际遇四朝。逮事高皇,已遍尘于台省;受知孝庙,复久玷于机衡。不思勉效于同寅,乃敢与闻于异论;既肺肝众所共见,岂口舌独能自明?惟光宗兴念于元僚,亦屡分于阃寄;肆陛下曲怜其末路,爰俾遂于里居。首将正于狐丘,巢忽危于燕幕。狂生妄发,姓名辄及于樵苏;公议大喧,论罚盖输于薪粲。仅削司徒之秩,犹存平土之官。兹盖恭遇皇帝陛下,崇德尚宽,驭民敬故。国皆曰杀,虽微可恕之情;耄不加刑,姑用惟轻之典。遂令衰朽,亦与生全。臣有愧积中,无阶报上。省愆田里,视桑荫之几何;托命乾坤,比栎材而知免。”初,当路入浸润,欲文致以罪,而难其重名,意或有辨论,乃置于贬。及奏至,引咎纡徐,言正文婉,洒然消释。既而东朝奉宝册,诏复其秩,时北门者当制,廷纶有曰:“骇匹夫狂悖之上闻,乃片言诖误之并及;既有疑于三至,姑薄褫于一阶。朕方建皇极而融会于党偏,尊重闱而濡泱于庆施,申念三朝之遗老,仅同下国之灵光,宁屈彝章,以全晚节。属外亲之诣阙，在更生初岂预知；贬宫保以居间，矧彦博已尝得谢。"犹不谓非罪也。嘉定更化，诏湔祖泰过名，授以文资，而晦庵朱文公而下，皆褒赠赐谥，于是其言始伸。方祖泰之得罪，有宗姓者尹京，据案作色，莅制挺焉。祖泰大呼庭下曰："公为天族，同国休戚。某乃为何人家计安危，而获斯辱也。"尹亦惭，趣讫其罪，使去。行都人至今能诵其详，犹有为咤惜者。

番禺海獠

番禺有海獠杂居，其最豪者蒲姓，号白番人，本占城之贵人也。既浮海而遇风涛，惮于复反，乃请于其主，愿留中国，以通往来之货。主许焉，舶事实赖给其家。岁益久，定居城中，屋室稍侈靡逾禁。使者方务招徕，以阜国计，且以其非吾国人，不之问，故其宏丽奇伟，益张而大，富盛甲一时。绍熙壬子，先君帅广，余年甫十岁，尝游焉。今尚识其故处，层栖杰观，晃荡绵亘，不能悉举矣。然稍异而可纪者亦不一，因录之，以示传奇。獠性尚鬼而好洁，平居终日，相与膜拜祈福。有堂焉，以祀名，如中国之佛，而实无像设。称谓聱牙，亦莫能晓，竟不知何神也。堂中有碑，高袤数丈，上皆刻异书如篆籀，是为像主。拜者皆向之。旦辄会食，不置匕箸，用金银为巨槽，合鲑炙、粱米为一，洒以蔷露，散以冰脑。坐者皆置右手于褥下不用，曰此为"触手"，惟以溷而已。群以左手攫取，饱而涤之，复入于堂以谢。居无溲匽。有楼高百余尺，下瞰通流，谒者登之。以中金为版，施机蔽其下，奏厕铿然有声，楼上雕镂金碧，莫可名状。有池亭，池方广凡数丈，亦以中金通甃，制为甲叶而鳞次，全类今州郡公宴燎箱之为而大之，凡用钲铤数万。中堂有四柱，皆沉水香，高贯于栋，曲房便榭不论也。尝有数柱，欲羾于朝，舶司以其非常有，恐后莫致，不之许，亦卧庑下。后有窣堵波，高入云表，式度不比它塔，环以甓，为大址，累而增之，外圜而加灰饰，望之如银笔。下有一门，拾级以上，由其中而圜转焉如旋螺，外不复见其梯磴。每数十级启一窦，岁四五月，舶将来，群獠入于塔，出于窦，啁哳号嘑，以祈南风，亦辄有验。绝顶有金鸡甚巨，以代相轮，今亡其一足。闻诸广人，始前一政雷朝宗潀时，为盗所取，迹捕无有。会市有窭人鬻精金，执而讯之，良是。问其所以致，曰："獠家素严，人莫闯其藩。予栖梁上，三宿而至塔，裹麨粮，隐于颠，昼伏夜缘，以刚铁为错，断而怀之，重不可多致，故止得其一足。"又问其所以下，曰："予之登也，挟二雨盖，去其柄。既得之，伺天大风，鼓以为翼，乃在平地，无伤也。"盗虽得，而其足卒不能补，以至今。他日，郡以岁事劳宴之，迎导甚设，家人帷观，余亦在，见其挥金如粪土，舆皂无遗，珠玑香贝，狼籍坐上，以示侈。帷人曰："此其常也。"后三日，以合荐酒馔烧羊以谢大僚，曰："如例。"龙麝扑鼻，奇味不知名，皆可食，迥无同槽故态。羊亦珍，皮色如黄金。酒醇而甘，几与崖蜜无辨。独好作河鱼疾，以脑多而性寒故也。余后北归，见藤守王君兴翁诸郎，言其富已不如曩日，池匽皆废，云泉亦有舶獠，曰"尸罗围"，赀乙于蒲，近家亦荡析。意积贿聚散，自有时也。

王 荆 公

王荆公相熙宁，神祖虚心以听。荆公自以为遭遇不世出之主，展尽底蕴，欲成致君之业，顾谓君不尧舜，世不三代不止也。然非常之云，诸老力争，纷纭之议，殆偏天下，久之不能堪。又幸其事之集，始尽废老成，务汲引新进，大更弊法，而时事斩然一新。至于元丰，上已渐悔，罢政居钟山，不复再召者十年。其后元祐群贤迭起，不推原遗弓之本意，急于民瘼，无复周防，激成党锢之祸，可为太息。余尝侍楼宣献及此，宣献诵荆公《是时尝因天雪有绝句》曰："势合便疑埋地尽，功成直欲放春回。农夫不解丰年意，只欲青天万里开。"其志盖有在。余应曰："不然。旧闻京师隆冬，尝有官检冻死秀才腰间系片纸，启视之，乃《喜雪诗》四十韵，使来年果丰，已无救沟中之瘠矣。况小人合势，如章、曾、蔡、吕辈，未知竟许放春否？"宣献忻然是其说。及今观之，发冢之议，同文之狱，以若人而居位，岂不如所臆度？荆公初心，于是孤矣。

尊尧集表

《日录》一书，本熙宁间荆公奏对之辞，私所录记。绍圣以后，稍尊其说，以窜定元祐史谍。蔡元度卞又其婿，方烜赫用事，书始益章。建中靖国初，曾文肃布主绍述，垂意实录，大以据依。陈了翁瓘为右司员外郎，以书抵文肃，谓薄神考而厚安石，尊私史而厌宗庙，不可。文肃大怒，罢为外郡，寻谪合浦。了翁始著《合浦尊尧集》，为十论，亶辨其所纪载，犹未敢以荆公为非。及北归，又著《四明尊尧集》，为八门，曰圣训、曰论道、曰献替、曰理财、曰边机、曰论兵、曰处己、曰寓言，始条分而件析之，无婉辞矣。政和元年，徽祖闻有此章，下政典局宣取，时了翁坐其子正汇狱，徙通州，移文索之。了翁遂以表进，乞于御前开拆。初，崇宁既建辟雍，诏以荆公封舒王，配享宣圣庙，肇创坐像。了翁愤之，并于奏牍寓意。其略曰："代言之笔，尽目其徒为儒宗；首善之宫，肇塑其形为坐像。礼官舞礼而行谄，吏书献佞而请观。光乎仲尼，乃王雱圣父之赞；比诸孔子，实下等轻君之情。彼衰周之僻王，弃真儒之将圣，当时不得配太庙之飨，后世所以广上丁之祠。今比安石为钦王之臣，则方神考为何代之主？又况一人幸学，列辟班随；至尊拜伏于炉前，故臣骄倨而坐视；百官气郁，多士心寒。自有华夏以来，无此悖倒之礼。神考之再相安石，始终不过乎九年；安石之屏迹金陵，弃置不召者十载。八字威加于邓绾，万机独运于元丰，岂可于善述之时，忽崇此不逊之像？"又曰："又况临川之所学，不以《春秋》为可行，谓天子有北面之仪，谓君臣有迭宾之礼；礼仪如彼，名分若何；此乃衰世侮君之非，岂是先王访道之法？赣川旧学，记刊于四纪之前；辟水新雍，像成于一婿之手。唱如声召，应若响随。"其自叙则曰："愚公老矣，益坚平险之心；精卫眇然，未舍填波之愿。殁而后已，志不可渝。望虽隔于戴盆，梦不忘于驰阙；丹诚上格，天语遥询。要观尊主之恭，缓议奸时之罪，渊冰在念，枭磔宁逃。"书奏，有旨，陈瓘自撰《尊尧集》，语言无绪，并系诋诬；不行毁弃，送与张商英，意要行用。特勒停，送台州羁管。令本州当职官，常切觉察，不得放出州城，月具存在，申尚书省。于是庙堂意叵测，识者为了翁危之。了翁不顾，至天台剡谢之辞，犹曰："知诋诬之不可，志在尊尧；岂行用之敢私，心惟助舜。语言无绪，议论至迂。独归美于先献，遂大违于国是。不行毁弃，有误咨询，虚消十载之光阴，靡恤一门之沟壑。果烦揆路，特建刑章，若非蒙庇于九重，安得延龄于再造？"其凛凛不屈盖如此。余后因读《夷坚·支乙》，见其记优人尝因对御，戏设孔子正坐，颜、孟与安石侍侧。孔子命之坐，安石揖孟子居上。孟辞曰："天下达尊，爵居其一。轲仅蒙公爵，相公贵为真王，何必谦光如此？"遂揖颜子，颜曰："回也陋巷匹夫，平生无分毫事业。公为名世真儒，位貌有间，辞之过矣。"安石遂处其上，夫子不能安席，亦避位。安石皇惧，拱手云不敢。往复未决，子路在外，愤愤不能堪，径趋从祀堂，挽公冶长臂而出。公冶为窘迫之状，谢曰："长何罪！"乃责数之曰："汝全不救护丈人，看取别人家女婿。"其意以讥卞也。时方议欲升安石于孟子之右，为此而止。是知当时公议，虽小夫下俚犹不惬，不特了翁也。其后朝论，亦颇疑于礼文，遇车驾幸学，辄以屏障其面。是时荆公位实居孟子上，与颜子为对，未尝为止，《夷坚》误矣。国初旧制，兖、邹二公东西向。今郡县学，二公所以并列于左者，盖靖康撤荆公像之时，徒撤而不复正耳，其位尚可考也。然徽祖圣孝根心，每以裕陵笃眷之故，不忍以荆公为非。翠华北狩，居五国城，一日燕坐，闻外有货《日录》者，亟辍衣易之。曹功显勋亲纪其事，羹墙之念，本无一日忘。了翁之辨虽明，其迄不见省者，亦政、宣大臣无以正救为将顺者欤！

三 忠 堂 记

庐陵号多士，儒先名臣，今古辈出，里人图所以尊显风厉以垂无穷者。嘉泰四年八月，始为堂，县庠以祀三忠。时周益公在里居，春秋七十有九矣，是岁多不怿，稍谢碑版之请，不肯为。一日，韦布款其门者百数，阍辞焉，弗可，乃强为通。益公方卧，奋然起曰："是当作。"即为属藁，文不加点而成，邑人惬望。四方闻其复秉笔，求者沓至，益公实病矣。其冬十月朔，遂薨，盖绝笔焉。后四年，余得录本于李次夔大章，其文曰："文章，天下之公器，万世不可得而私也；节义，天下之大闲，万世不可得而逾也。吉为江西上郡，自皇朝逮今二百余年，兼是二者，得三公焉。曰欧阳公修，以六经粹然之文，崇雅黜浮，儒术复明，遂以忠言直道，辅佐三朝，士大夫翕然尊之，天子从而谥曰文忠，莫不以为然。南渡抢攘，右相杜充，拥众臣虏，金陵守陈邦光就降，惟通判杨邦乂戟手骂贼，视死如归，国势凛凛，士大夫复翕然尊之，天子从而褒赠之，赐谥曰忠襄，则又莫不以为然。时宰议礼，众论汹汹，惟一编修官胡铨毅然上书，乞斩相参、虏使，三纲五常赖以不坠，士大夫复翕然尊之，厥后天子从而褒赠，赐以忠简之谥，则又莫不以为然。是之谓三忠。虽然此邦非无宰相，如刘沆冲之在朝，尝力荐文忠，留置翰苑，又引富文忠公弼共政，今姓名著在勋臣之令，而谥则未闻，子瑾孙偘，俱为待制，迄不能请，矧被遇之从臣乎？夫然后知节以一惠，天子犹不敢专，亦必士大夫翕然尊之，乃可得耳。庐陵宰赵汝厦即县庠立三忠祠，岁时率诸生祀焉。巍巍堂堂，衮服有章，揭日月而行，学者固仰其炜煌。若夫百世之下，闻清风而兴起，得无慕休烈扬显光者耶！汝厦用意远矣。"其后楼宣献铭益公墓，称其"精确简严"，士谓纪实。益公谥文忠。余谓它日有尚贤者在位，跻配其间，尚可谓四忠也。

临江四谢

临江谢氏，世以儒鸣。元丰八年，有名懋者，及其弟岐，其子举廉、世充，同登进士第，连标之盛，侈于一时，时人谓之"临江四谢"。举廉字民师，东坡尝以书与之论文，今载集中。艮斋谔，绍熙间位中执法，以厚德著，盖其族孙也。

卷第十二十三则

王卢溪送胡忠简

胡忠简铨既以乞斩秦桧，掇新州之祸，直声振天壤。一时士大夫畏罪箝舌，莫敢与立谈，独王卢溪庭珪诗而送之。今二篇刊集中曰："囊封初上九重关，是日清都虎豹闲。百辟动容观奏牍，几人回首愧朝班。名高北斗星辰上，身堕南州瘴海间。岂待它年公议出，汉庭行召贾生还。""大厦元非一木支，欲将独力拄倾危。痴儿不了官中事，男子要为天下奇。当日奸谀皆胆落，平生忠义只心知。端能饱吃新州饭，在处江山足护持。"于是有以闻于朝者，桧益怒，坐以谤讪，流夜郎，时年七十。既而桧死，卢溪因读韩文公《猛虎行》，复作诗寓意曰："夜读文公《猛虎诗》，云何虎死忽悲啼。人生未省向来事，虎死方羞前所为。昨日犹能食熊豹，今朝无计奈狐狸。我曾道汝不了事，唤作痴儿果是痴。"盖复前说也。寻许自便。孝宗初政，召对寤合，诏曰："王庭珪粹然耆儒，凛有直节，顷以言语文字，牴牾权臣，流落排挸，殆逾二纪，召对便殿，敷奏详华，可特改左承奉郎，除国子监主簿。"庭珪不留，乞祟道祠官去。乾道六年，再召对便殿，上又留之，不可，乃诏复禄以祝鳌。后告老终于家，寿九十三。其再召也，庙堂欲予一子官，既而不果。识者谓以忠得寿，而泽不及嗣，天人报施，犹若少偏。时又有朝士陈刚中、三山寓公张仲宗，亦以作启与词为饯而得罪，桧之怨忠简，盖流貤不少置也。

秦桧死报

秦桧擅权久，大诛杀以胁善类。末年，因赵忠简之子汾以起狱，谋尽覆张忠献、胡文定诸族，棘寺奏牍上矣。桧时已病，坐格天阁下，吏以牍进，欲落笔，手颤而污，亟命易之，至再，竟不能字。其妻王在屏后摇手曰："勿劳太师。"桧犹自力，竟仆于几，遂伏枕数日而卒。狱事大解，诸公仅得全。初，汾就逮，自分必死，然竟不知加以何罪，嘱其家曰："此行无全理。脱幸有恩言，当于馈食中置肉笑靥一以为信。毋忘！"既入狱，月余无所问，亶日施惨酷，求死不可得。一日正昼，置之暗屋，仰绑之，使视椽榱，偶见屋上一窍如钱，微有日影，须臾稍转射壁上，有一反字。汾解意，亟承异谋，遂得小梃，惟数晷以待尽。忽外致食于橐，满其中皆笑靥，汾泣曰："吾约以一，而今乃多如是，殆绐我。"既而狱吏皆来贺，即日脱械出，则桧声钟给赙矣。忠献是时居永，亦微闻当路意，汾既系，昕夕不自安，且念为太夫人忧，不敢明言。忽外间报中都有人至，亟出视，一男子喘卧檐下，殆不能言。方吉凶叵测，众环睨缩颈，忠献素坚定，于是亦色动。有顷，掖之坐，稍灌以汤饵而苏，犹未出语，亶数指腰间，索之，得片纸。盖故吏闻桧讣，走介星驰，至近郊，益奔程欲速，是以颠蹶。顷刻之间，堂序欢声如雷。王卢溪在夜郎，郡守承风旨，待以囚隶，至不免旬呈。适邮筒至，张燕公堂以召之，卢溪怪前此未之有，不敢赴。邀者系踵，不得已，趋诣，罢燕之明日，始闻其事，守盖先得之矣。故卢溪既得自便之命，题诗壁间曰："辰州更在武陵西，每望长安信息希。二十年兴搢绅祸，一终朝失相公威。外人初说哥奴病，远道俄闻逐客归。当日弄权谁敢指，如今忆得姓依稀。"盖志喜也。同时谢任伯之子景思伋，家在天台，为郡守刘景所捕，既至而改礼，王仲言《挥麈录》详纪之，与夜郎守略同。是知桧稔恶得毙，为善类之福不赀，要非幸灾也。

吕东莱祭文

吕东莱祖谦居于婺，以讲学唱诸儒，四方翕然归之。陈同父盖同郡，负才颉颃，亦游其门，以兄事之。尝于丈席间，时发警论，东莱不以为然。既而东莱死，同父以文祭之曰："呜呼！孔氏之家法，儒者世守之，得其粗而遗其精，则流而为度数刑名；圣人之妙用，英豪窃闻之，徇其流而忘其源，则变而为权谲纵横。故孝悌忠信，常不足以趋天下之变;而材术辩智,常不足以定天下之经。在人道无一事之可少,而人心有万变之难明。虽高明之洞见,犹小智之自营;虽笃厚而守正,犹孤垒之易倾。盖欲整两汉而下,庶几及见三代之英,岂曰自我,成之在兄,方夜半之剧论,叹古来之未曾。讲观象之妙理,得应时之成能;谓人物之间出,非天意之徒生。兄独疑其未通,我引数而力争;岂其于无事之时,而已怀厌世之情?俄遂婴于末疾,喜未替于仪刑;何所遭之太惨,曾不假于余龄。将博学多识,使人无自立之地;而本末具举,虽天亦有所未平耶!兄尝诵子皮之言曰:'虎帅以听,孰敢违子,人之云亡,举者莫胜。'假使有圣人之宏才,又将待几年而后成?孰知夫一觞之恸,徒以拂千古之膺。伯牙之琴,已分其不可复鼓;而洞山之灯,忍使其遂无所承。眇方来之难恃,尚既往之有灵。"朱晦翁见之,大不契意,遗婺人书曰:"诸君子聚头磕额,理会何事,乃至有此等怪论。"同父闻之不乐。它日,上书孝宗,其略曰:"今世之儒士,自谓得正心诚意之学者,皆风痹不知痛痒之人也。举一世安于君父之大雠,而方且扬眉拱手以谈性命,不知何者谓之性命乎?陛下接之而不任以事也,臣以是服陛下之仁。"意盖以微风晦翁,而使之闻之,晦翁亦不讶也。此说得之蔡元思念成。

猫 牛 盗

余辛未岁,官中都,居旌忠观前。家素蓄一青色猫,善咋鼠,家人咸爱之。一日正午,出门即逸去,购求竟不获。又忆总角时,先夫人治家政,城南有别墅,一牯甚腯,为人所盗,先夫人不欲扰其邻,弗捕。既而有言湖中民分肉不均,群斗而讼在邑。余时尚幼,家无纪纲仆,莫能弊讼,又弗问,从邑中自断。后推其月日,乃同一夕,盖远在百里外,牛举趾缓,讫不知何以致也。它日,余闲以问客,有能知闾里之奸者,为余言内北和宁门,实有肆其间,号曰"鬻野味",直廉而肉丰,市人所乐趋。其物则市之猫犬类也,夜罥犬负而趋,犹幸不遇人;若猫则皆昼攫。都人居浅隘,猫或嬉敖于外,一见不复可遁,每得之,即持浸户外防虞缸桶中。猫身湿辄舐,非甚干不已,以故无鸣号者。有见而遂之，则必问以毛色，自袖出其尾，皆非是。传闻其手中乃有十数尾，视其非者而出之，都人习尚不穷奸，虽知其盗，以为它人家猫，则亦不问也。夜则皆入于和宁之肆，无遗育焉。牛嗜盐，盗者持一钩、一竿、一绳，竿通中，行则为杖策，而匿钩绳于腰间，见者固莫疑其联。伺夜入栏，手盐以饲牛，牛引舌，则钩之。夙导绳通中，急趣其杪，牛负痛欲触，则隔竿之长；欲鸣，则碍钩之利。钩者奔，牛亦奔，故虽数舍直一瞬耳。又它日，以质之捕吏之良者，道盗之智甚悉，所闻皆信然。嗟夫！盗亦人耳，使即此心以喻于义，夫孰能御哉？一有所移，而用止于是，观者亦思所以用者而择焉，斯可矣。

味谏轩

戎州有蔡次律者，家于近郊，山谷尝过之。延以饮，有小轩极华洁，槛外植余甘子数株，因乞名焉，题之曰“味谏”。后王子予以橄榄遗山谷，有诗曰：“方怀味谏轩中果，忽见金盘橄榄来。想共余甘有瓜葛，苦中真味晚方回。”时盖徽祖始登极，国论稍还，是以有此句云。

龙见赦书

金国熙宗亶皇统十年夏，龙见御寨宫中，雷雨大至，破柱而去。亶大惧，以为不祥，欲厌禳之。左右或以为当肆赦，遂召当制学士张钧视草。其中有“顾兹寡昧”及“眇予小子”之言，文成奏御，译者不晓其退托谦冲之义，乃曰：“汉儿强知识，托文字以詈我主上耳！”亶惊问故，译释其义曰：“寡者，孤独无亲；昧者，不晓人事；眇为瞎眼；小子为小孩儿。”亶大怒，亟召钧至，诘其说，未及对，以手剑剺其口，棘而醢之，竟不知译之为愚为奸也。其年亶弑，亮于登宝位赦，暴其恶而及此。

丹稜巽岩

眉山秀出岷峨，属邑丹稜者，李文简焘实家焉。邑有山曰龙鹤，文简读书其上，命曰“巽岩”，因以自号，士夫至今以为称。尝自为记曰：“子真子三卜居，乃得此山。负东南，面西北，其位为巽，为乾。盖处己非乾健无以立，应物非巽顺无以行。《易》六十四卦，仲尼掇其九而三陈之，起乎履，止乎巽，此讲学之序也。语曰：‘可与共学，未可与适道；可与适道，未可与立；可与立，未可与权。’夫人各有所履，善恶分焉。惟能谦，可与共学；惟能复，可与适道。知所适而无以自立，则莫能久；故取诸常，使久于其道，或损之，或益之。至于困而不改，若井未始随邑而迁，则所以自立者成矣。虽然，吉凶祸福，横发逆起，有不可知将合于道，其惟权乎！然非巽则权亦不可行，学而至于巽，乃可与权，此圣贤事业也。”文简字仁父，一字子真，作记时，年二十四。

郑少融迁除

孝宗在位久，益明习国家事，厉精政本，颇垂意骨鲠，以强本朝。淳熙六年，郑少融丙初拜西掖，首疏官冗赏滥，力指时政之失。且谓卿监丞簿，事简官备，馆职史官，至二十员；学官书局，各以十数；监司郡守，叠授三政；参议祠庙，归正添差；养老将校，充满外路。东宫御章，馆阁进书，杂流斵役，例沾赏典，曰随龙、曰应奉。开河修堰，并场蠲赋，无时推恩。他司钱物，漕乞移用；尉不捕贼，诡奏有功；张大虚声，横被酴赏。累数百言，上览而壮之。奎札付中书曰：“赏功迁职，不以滥予，郑丙言是也。给舍遇书读，宜随事以闻。”于是廷臣始侧目。既而少融益亹亹论事，敢于劘上，上亦忻然纳之无忤。八年，遂兼夕拜东宫春坊。陈亀年女嫁巨室裴良珣，裴死于酒。兄良显诉陈女利其富，死有冤事，下天府。语连亀年，尹不敢治，诏送大理，左右有为之地者。诏漕司先审责良显：“不实反坐。”状始得行。少融驳奏曰：“愿少存国法，为子孙万世计。”竟如初诏。韩子师以曾觌援，有起废意。少融极口诋之曰：“是人仰累圣德。”后大臣或指二言之切为卖直。上不听，谕少融曰：“朕自喜给舍得人。”亟迁吏书以矫其谗。时王谦仲兰丞宗正进对曰：“今日不欺陛下，惟郑丙，惜其爱莫助之耳。”上喜，亦迁监察御史。谦仲尤击搏，不畏强御，驯致大用，奖直厉断，盖隐然有亨阿封即墨之风焉。至今士夫间，犹能诵其独立敢为之实也。少融继守数郡，治微尚严云。

沙世坚

乾道间，有归正官曰沙世坚，素武勇，坐赃配隶静江府。郑少融为广西宪，命之捕盗，有功，稍复其官。庆元中，为德安守，麄暴自如，酷不喜文吏。余乡有晁仲式百辟者，世名家，为安陆宰，实为其僚。晁好饮而敢为，初亦相得，久益厌，乃枘凿不谋。世坚捕邑胥，罗致其罪，欲劾奏之，先对易外邑一尉，章垂上而病，稍自悔，尼不发檄。晁归府，见之卧内，命妾以杯酒酌之，颇道初意之谬，谓人实浸润，非我也。晁唯唯谢。因历历嘱后事，且诿其与它僚同任责，既而曰："沙世坚武人性直，没许多事，一句是一句，知县不相怨否？"晁素滑稽，忽抑首微对曰："百辟岂敢怨太尉？但心里有些忡忡地。"沙大怒，亟叱使去，力疾发邮筒，又旬而死。晁竟坐是不得调者十年，遂终于家。一言轻发，横挑黥夫之辱，晁固不无罪也。

淮阴庙

楚州淮阴，夹漕河而邑于泽国，诸聚落尤为荒凉。开禧北征，余舟过其下，舟人指河东岸弊屋数椽，曰："是为楚王信庙。"亟维缆登焉。堂庑倾欹，几不庇风雨。两旁皆过客诗句，楹楣户牖，题染无余。往往玉石混淆，殊不可读。左厢有高堵，不知何人写杨诚斋二诗其上，字甚大，不能工，亦舛笔画。余以意揣录之。其一曰："来时月黑过淮阴，归路天花舞故城。一剑光寒千古泪，三家市出万人英。少年跨下安无忤？老父圯边愕不平。人物若非观岁暮，淮阴何必减文成。"其二曰："鸿沟只道万夫雄，云梦何销武士功。九死不分天下鼎，一生还负室前钟。古来犬毙愁无盖，此后禽空悔作弓。兵火荒余非旧庙，三间破屋两株松。"音节悲壮，伦儗抑扬，遍壁间殆无继者。本题文成为宣成，余按张留侯谥，与霍博陆自不同，后得麻沙印本《朝天续集》,乃亦作宣字,尤可怪也。前篇首尾两淮阴,虽意不同,疑亦传复。虏既入塞,旧庙当无复存。不知今血食如何?

金　鲫　鱼

今中都有豢鱼者,能变鱼以金色,鲫为上,鲤次之。贵游多凿石为池,置之檐牖间以供玩。问其术,秘不肯言,或云以阛市洿渠之小红虫饲,凡鱼百日皆然。初白如银,次渐黄,久则金矣。未暇验其信否也。又别有雪质而黑章,的皪若漆,曰玳瑁鱼,文采尤可观。逆曦之归蜀,汲湖水浮载,凡三巨艘以从,诡状瑰丽,不止二种。惟杭人能饵蓄之,亦挟以自随。余考苏子美诗曰:"沿桥待金鲫,竟日独迟留。"东坡诗亦曰:"我识南屏金鲫鱼。"则承平时盖已有之,特不若今之盛多耳。

张 贤 良 梦

张贤良君悦,咸家蜀绵竹,世以积德闻。绍圣初,再试制科。宰相章惇览其策,以所对不以元祐为非,大怒,虽得签书剑西判官以去,而科目自是废矣。仕既不甚达,益笃意植嫩贻庆,以遗后人。尝一日昼寝,梦神人自天降,告之曰:"天命尔子名德作宰相。"惊而寤,未几而魏公生。时魏公之兄已名滉,君悦不欲更所从,乃字魏公曰德远。出入将相,垂四十年,忠义勋名,为中兴第一,天固有以启之者欤!

乾 坤 鉴 法

政和初,濮有异人曰王老志,以方术幸,赐号"洞微先生"。蔡絛《国史后补》已详其事,不复複纪。所履既奇崛,道幽显事,益涉于诞,惟掉头禄豢,时出危言,与灵素等异趣为可称。其在京师,每心非时事,亦屡以意风蔡元长使迁于善,而弗听也。徽祖尝召之入禁籞,显肃后在坐,老志率然出幅纸于袖曰:"陛下它日与中宫皆有难。臣行死，不及见矣。臣有乾坤鉴法，可以厌禳，然尤当修德，始可回天意。请如臣法铸鉴，各以五色流苏垂之，置于寝殿。臣死后，当时坐鉴下，记忆臣语，日儆一日，思所以消变于未形者。”上竦然受其说，左右皆大惊。既有诏尚方庀工，鉴成进御，而老志归于濮，遂病以死。靖康陟方之祸，二宫每宝持之，且叹其先识。古今方士多矣，亿中不足奇，而能弃己所嗜，纳君于正，斯可嘉也。剟而载之，以见圣德之兼容者。

卷第十三六则

范碑诗跋

赵履常崇宪所刊四说堂山谷《范滂传》，余前记之矣。后见跋卷，乃太府丞余伯山禹绩之六世祖若著倅宜州日，因山谷谪居是邦，慨然为之经理舍馆，遂遣二子滋、浒从之游。时党禁甚严，士大夫例削札扫迹，惟若著敬遇不怠，率以夜遣二子奉几杖，执诸生礼。一日携纸求书，山谷问以所欲，拱而对曰："先生今日举动，无愧东都党锢诸贤，愿写范孟博一传。"许之，遂默诵大书，尽卷仅有二三字疑误。二子相顾愕服，山谷顾曰："《汉书》固非能尽记也，如此等传，岂可不熟？"闻者敬叹。若著满秩，持归上饶，家居宝藏之。再世散逸，归东武周氏，又归忠定家。伯山仅传摹本，其子子寿铸为四明制属，携之笈中之官。楼攻媿见之，为作诗曰："宜人初谓宜于人，菜肚老人竟不振。《承天院记》顾何罪，一斥致死南海滨。贤哉别驾眷迁客，不恤罪罟深相亲。哀哀不容处城闉，夜遣二子从夫君。一日携纸匄奇画，引笔行墨生烟云。南方无书可寻问，默写此传终全文。补亡三箧比安世，偶熟此卷非张巡。岩岩汝南范孟博，清裁千载无比伦。坡翁侍母曾启问，百谪九死气自伸。别驾去官公亦已，身虽既衰笔有神。我闻此书久欲见，摹本尚尔况其真。辍君清俸登坚珉，可立懦夫羞佞臣。"及履常登朝，以真迹呈似。攻媿乃复题其后，又面命幼子治录里士俞惠叔畴诗一篇，亟称其佳焉。其辞曰："貂珰群雏擅天网，手驱名流入钩党。屯云蔽日日光无，卯金神器春冰上。汝南节士居危邦，志刬萧艾扶兰芳。致君生不逮尧舜，死合夷齐俱首阳。千年兴坏真暮旦，殷鉴讵应如许远。安知后人哀后人，又起诸贤落南叹。宜州老子笔有神，蝉蜕颜扬端逼真。少模龙爪已名世，晚用鸡毛亦绝人。平生孟博吾尚友，时事骎骎建宁旧。胸蟠万卷老蛮乡，独感斯文聊运肘。老子书名横九州，一纸千金不当酬。此书岂但翰墨设，心事悢悢关百忧。人言老子味禅悦，疾恶视滂宁尔切。须知许国本精忠，不幸为滂甘伏节。九原莫作令人悲，遗墨败素皆吾师。从君乞取宜州字，要对崇宁《党籍碑》。"二诗明白痛快，足以吊二老于九垓之期矣。独惠叔末章颇伤峻厉。跋卷又有柴中守一诗曰："小春昼日如春晚，饮罢披图清兴远。夜光照屋四座惊，金薤银钩真墨本。当年太史谪宜州，肠断梅花栖戍楼。拾遗不逢东道主，翰林长作夜郎囚。蛮烟瘴雨森铁钺，更值韩卢搜兔窟。老色上面欢去心，惟有忠肝悬日月。郡丞嗜好殊世人，投笺乞字传儿孙。平生孟博是知己，笔下写出精神骞。兴亡万古同一辙，党论到头不堪说。刊章下郡汉道微，清流入河唐祚绝。先朝白昼狐亦鸣，正气消尽邪气生。殿门断碑仆未起，中原戎马来纵横。生蛟入手不敢玩，往事凄凉重三叹。《兰亭》《瘗鹤》徒尔为，好刻此书裨庙算。"牛腰轴虽大，诗之者，惟此三人。柴作亦佳，特未免唐人所谓"昌黎《淮西碑》犹欠冒头不得"之戏耳。伯山前辈老成，尝为九江校官，余又及同班行。子寿世科，今为镇江外辖，盖方乡用者。

晦庵感兴诗

朱晦翁既以道学倡天下，涵造义理，言无虚文。少喜作诗，晚年居建安，乃作《斋居感兴》二十篇，以反其习，自序其意，断断乎皆有益于学，而非风云月露之词也。余从吾乡蔡元思念成诵得之，其序曰："予读陈子昂《感遇诗》，爱其词旨幽邃，音节豪宕，非当世词人所及。如丹砂空青，金膏水碧，虽近乏世用，而实物外难得自然之奇宝。欲效其体，作十数篇。顾以思致平凡，笔力萎弱，竟不能就。然亦恨其不精于理，而自托于仙佛之间，以为高也。斋居无事，偶书所见，得二十篇，虽不能探索微眇，追迹前言，然皆切于日用之实，故言亦近而易知，既以自警，且以贻诸同志云。"一曰："昆仑大无外，磅礴下深广。阴阳无停机，寒暑互来往。皇羲古神圣，妙契一俯仰。不待窥马图，人文已宣朗。浑然一理贯，昭晰非象罔。珍重无极翁，为我重指掌。"二曰："吾观阴阳化，升降八纮中。前瞻既无始，后际那有终？至理谅斯存，万世与今同。谁言混沌死？幻语惊盲聋。”三曰：“人心妙不测，出入乘气机。凝冰亦焦火，渊沦复天飞。至人秉元化，动静体无违。珠藏泽自媚，玉韫山含晖。神光烛九垓，玄思彻万微。尘编今寥落，叹息将安归？”四曰：“静观灵台妙，万化此从出。云胡自芜秽，反受众形役？厚味纷朵颐，妍姿坐倾国。崩奔不自悟，驰骛靡终毕。君看穆天子，万里穷辙迹。不有祈招诗，徐方御辰极。”五曰：“泾舟胶楚泽，周纲已陵夷。况复王风降，故宫黍离离。玄圣作《春秋》，哀伤实在兹。祥麟一以踣，反袂空涟洏。漂沦又百年，僭侯荷爵珪。王章久以丧，何复嗟叹为？马公述孔业，托始有余悲。拳拳信忠厚，无乃迷先幾。”六曰：“东京失其御，刑臣弄天纲。西园植奸秽，五族沉忠良。青青千里草，乘时起陆梁。当涂转凶悖，炎精遂无光。桓桓左将军，仗钺西南疆。伏龙一奋跃，凤雏亦飞翔。祀汉配彼天，出师惊四方。天意竟莫回，王图不偏昌。晋史自帝魏，后贤合更张。世无鲁连子，千载徒悲伤。”七曰：“晋阳启唐祚，王明绍巢封。垂统已如此，继体宜昏风。麀聚渎天伦，牝晨司祸凶。乾纲一以坠，天枢遂崇崇。淫毒秽宸极，虐焰燔苍穹。向非狄张徒，谁办取日功？云何欧阳子，秉笔迷至公。唐经乱周纪，凡例孰此容？侃侃范太史，受说伊川翁。《春秋》二三策，万古开群蒙。”八曰：“朱光遍炎宇，微阴眇重渊。寒威闭九野，阳德昭穷泉。文明昧谨独，昏迷有开先。几微谅难忽，善端本绵绵。掩身事斋戒，及此防未然。闭关息商旅，绝彼柔道牵。”九曰：“微月堕西岭，烂然众星光。明河斜未落，斗柄低复昂。感此南北极，枢轴遥相当。太一有常居，仰瞻独煌煌。中天照四国，三辰环侍旁。人心要如此，寂感无边方。”十曰：“放勋始钦明，南面亦恭己。大哉精一传，万世立人纪。猗欤叹日跻，穆穆歌敬止。戒獒光武烈，待旦起周礼。恭惟千载心，秋月照寒水。鲁叟何常师，删述存圣轨。”十一曰：“吾闻庖牺氏，爰初辟乾坤。乾行配天德，坤布协地文。仰观玄浑周，一息万里奔。俯察方仪静，隤然千古存。悟彼立象意，契此入德门。勤行当不息，敬守思弥敦。”十二曰：“大《易》图象隐，《诗》、《书》简编讹。《礼》、《乐》矧交丧，《春秋》鱼鲁多。瑶琴空宝匣，纮绝将如何？兴言理余韵，龙门有遗歌。”十三曰：“颜生躬四勿，曾子日三省。《中庸》首谨独，衣锦思尚絅。伟哉邹孟氏，雄辩极驰骋。操存一言要，为尔挈裘领。丹青著明法，今古垂焕炳。何事千载余，无人践斯境？”十四曰：“元亨播群品，利贞固灵根。非诚谅无有，五性实斯存。世人逞私见，凿智道弥昏。岂若林居子，幽探万化原。”十五曰：“飘飖学仙侣，遗世在云山。盗启元命秘，窃当生死关。金鼎蟠龙虎，三年养神丹。刀圭一入口，白日生羽翰。我欲往从之，脱屣谅非难。但恐逆天道，偷生讵能安？”十六曰：“西方论缘业，卑卑喻群愚。流传世代久，梯接凌空虚。顾眄指心性，名言起有无。捷径一以开，靡然世争趋。号空不践实，踬彼榛棘途。谁哉继三圣，为我焚其书？”十七曰：“圣人司教化，黉序育群材。因心有明训，善端得深培。天叙既昭陈，人文亦褰开。云何百代下，学绝教养乖。群居竞葩藻，争先冠伦魁。淳风反沦丧，扰扰何为哉？”十八曰：“童蒙贵养正，孙弟乃其方。鸡鸣咸盥栉，问讯谨暄凉。奉水勤播洒，拥彗周室堂。进趋极虔恭，退息常端庄。劬书剧耆炙，见恶逾探汤。庸言戒粗诞，时行必安详。圣涂虽云远，发轫且勿忙。十五志于学，及时起高翔。”十九曰：“哀哉牛山木，斤斧日相寻。岂无萌蘖在，牛羊复来侵。恭惟皇上帝，降此仁义心。物欲互攻夺，孤根孰能任。反躬艮其背，肃容正冠襟。保养方自此，何年秀穹林？”二十曰：“玄天幽且默，仲尼欲无言。动植各生遂，德容自清温。彼哉夸毗子，呫嗫徒啾喧。但逞言辞好，岂知神监昏？曰予昧前训，坐此枝叶繁。发愤永刊落，奇功收一原。”驰骋今古，剟华反实，斯可谓志之所存者。其中二篇，论二氏之学，犹若有轻重有无之辨，晚学恨不得撰杖屦以质疑焉。

武夷先生

建中靖国初，有宿儒曰徐常，持节河朔，风采隐然，重于时，然持论与时大异。曾文肃布恶之，尝具诋先烈人姓名，陈之乙览，常列其间，然未有以罪也。会市肆有刊《武夷先生集》者，乃常所为文。文肃之子纡适相国寺，偶售得之。首篇乃熙宁间《上王荆公书》，诋常平法者，纡以置几案间，不为意。文肃偶入黉舍见之，袖以入，明日遂奏榻前，且谓常元未尝上此书，特沽流俗之名耳。言者从之，遂免所居官，竟以蹭蹬。徐尝有教子诗曰："词赋切宜师二宋，文章须是学三苏。"其措意如此，宜其与文肃异也。

任元受启

秦桧秉权寖久，植党缔交，牢不可破。高皇渊嘿雷声，首更大化，惩言路壅蔽之弊，召汤元枢鹏举于外，执法殿中，继迁侍御史。时有选人任尽言者居下僚，好慷慨论事，闻其除，亟以启贺之，曰："伏审光奉明纶，荣跻横榻，国朝更西都三府之制，故御史不除大夫，端公居南司五院之中，与独坐迭为宪长。自昔虽称于雄剧，比岁或乖于选抡，污我霜台，赖公雪耻，辄陈管见，少助风闻。靖言有宋之奸臣，无若亡秦之巨蠹。十九载辅国而专政，亘古无之；二百年列圣之贻谋，扫地尽矣。乃若糊名而较艺，亦复肆志而任私。敢以五尺之童，连冠两科之士。老牛舐犊，爱子谁无？野鸟为鸾，欺君实甚。公攘名器，报微时箪食之恩；峻立刑诛，钳当世搢绅之口。一时谪籍，半坐流言，父子至于相持，道路无复偶语。每除言路，必预经筵，盖缘乳臭之雏，实预金华之讲。受其颐志，应若影从。忠臣不用而用臣不忠，实事不闻而闻事不实。逮政府枢庭之有阙，必谏官御史而后除。所以复鹰犬之报，而搏吠已憎；疏鸳鹭之班，而孤危主势。私窃富贵之势利，岂止于子孙而为臣？仰夺造化之炉锤，至不容人主之除吏。方当宁之意，未罪魏其；而在位之臣，专阿王氏。致学官之献佞，假题目以文奸；引前代兴王之诗，为其孙就试之谶。旋从外幕，擢置中都，冀招致于妖言，启包藏之异意。忠愤扼腕，智识寒心。上愧汉臣，既乏朱云之请剑；下惭唐室，未闻林甫之斫棺。坐令存没之奸，备极宠荣之典。正缘和议，常赞睿谋。故圣主念功，务曲全于体貌；然宪台议罪，当明正于典刑。赏当功，所以示朝廷之至恩；罚当罪，所以贻臣子之大戒。政若偏废，国将若何？敢为上言，莫如君重。恭惟侍御，气刚而志烈，学老而才雄。自亲擢于中宸，即大符于民望。明目张胆，士林日诵于谠言；造膝沃言，天下咸受其阴赐。虽直道尽更其覆辙，而宏纲独漏于吞舟。惟九重之委任寖隆，故四海之责望尤备。愿言弹击，无置渠魁。矧今日之新除，有昔人之故事。韦仁约自称雕鹗，才固绝伦；张文纪不问狐狸，恶惟诛首。纵黄壤之已隔，在白简以难逃。使六合之间，忠义之心如日；九泉之下，邪佞之骨常寒。庶几绍兴汤御史之名，不在庆历唐子文之下。其他世俗之谄语，谅非方正之乐闻，侧听褒迁，别当修致。”汤得之喜，袖以白上，天颜为回，故一时公议大明，奸谀胆落，尽言其助也。任字元受，有集名《小丑》，杨诚斋为之序，仕亦不大显。余先君手抄其启杂俎中。

冰清古琴

嘉定庚午，余在中都燕李奉宁坐上，客有叶知几者，官天府，与焉。叶以博古知音自名。前旬日，有士人携一古琴至李氏，鬻之。其名曰“冰清”，断纹鳞皴，制作奇崛，识与不识，皆谓数百年物。腹有铭，称晋陵子题，铭曰：“卓哉斯器，乐惟至正。音清韵高，月苦风劲。璅余神爽，泛绝机静。雪夜敲冰，霜天击磬。阴阳潜感，否臧前镜。人其审之，岂独知政。”又书“大历三年三月三日”，上底“蜀郡雷氏斫”，凤沼内书“正元十一年七月八日再修，士雄记”。李以质于叶，叶一见色动，掀髯叹咤，以为至宝。客又有忆诵《渑水燕谈》中有是名者，取而阅之，铭文岁月皆脗合，良是。叶益自信不诬，起附耳谓主人曰：“某行天下，未之前觌，虽厚直不可失也。”李敬受教，一偿百万钱。鬻者撑拒不肯，曰：“吾祖父世宝此，将贡之上方，大珰某人固许我矣，直未及半，渠可售？”李顾信叶语，绝欲得之；门下客为平章，莫能定。余觉叶意，知其有赝，旁坐不平，漫起周视，读沼中字，皆历历可数。因得其所疑，乃以袖覆琴而问叶曰：“琴之媺恶，余姑谓弗知，敢问正元何代也？”叶笑未应。坐人曰：“是固唐德宗，何以问为？”余曰：“诚然，琴何以为唐物？”众哗起致请，乃指沼字示之，曰：“元字上一字，在本朝为昭陵讳，沼中书‘正’从‘卜’从‘贝’是矣，而‘贝’字阙其旁点，为字不成。盖今文书令也。唐何自知之？正元前天圣二百年，雷氏乃预知避讳，必无此理，是盖为赝者。徒取《燕谈》，以实其说，不知阙文之熟于用而忘益之，且沼深不可措笔，修琴时必剖而两，因题其上。字固可识，又何疑焉？”众犹争取视，见它字皆焕明，实无旁点，乃大骇。李更衣自内出，或以白之，抵掌笑。叶惭曰：“是犹佳琴，特非唐物而已。”李不欲逆，勉强薄酬，顿损直十之九得焉。鬻琴者虽怒而无以辞也，它日遇诸涂，頩而过之。今都人多售赝物，人或赞孅，随辄取赢焉。或徒取龙断者之称誉以为近厚，此与攫昼何异，盖真蔽风也。

选人戏语

蜀伶多能文，俳语率杂以经史，凡制帅幕府之醼集多用之。嘉定初，吴畏斋帅成都，从行者多选人，类以京削系念，伶知其然。一日，为古冠服数人游于庭，自称孔门弟子，交质以姓氏，或曰“常”，或曰“于”，或曰“吾”，问其所莅官，则合而应曰：“皆选人也。”固请析之，居首者率然对曰：“子乃不我知，《论语》所谓‘常从事于斯矣’，即某其人也。官为从事而系以姓，固理之然。”问其次，曰：“亦出《论语》：‘于从政乎何有？’盖即某官氏之称。”又问其次，曰：“某又《论语》十七篇所谓‘吾将仕者’。”遂相与叹咤，以选调为淹抑。有怂恿其旁曰：“子之名不见于七十子，固圣门下第，盍扣十哲而受教焉？”如其言，见颜、闵方在堂，群而请益，子骞蹙頞曰：“如之何？何必改。”兖公应之曰：“然，回也不改。”众怃然不怡，曰：“无已，质诸夫子。”如之，夫子不答，久而曰：“钻遂改火，急可已矣。”坐客皆愧而笑。闻者至今启颜。优流侮圣言，直可诛绝，特记一时之戏语如此。

卷第十四五则

陈了翁始末

陈了翁在徽祖朝，名重一时，为右司员外郎。曾文肃敬之，欲引以附己，屡荐于上，使人谕意，以将大用之。了翁谓其子正汇曰："吾与丞相，议多不合，今乃欲以官相饵。吾有一书将遗之，汝为我书。"且曰："郊恩不远，恐失汝官，奈何？"正汇再拜愿得书。了翁喜，明日持以见文肃于都堂，适与左司朱彦周会，待于宾次，朱借读其书，动色。既见，文肃果大怒，嘻笑谓曰："此书它人得之必怒，布则不然，虽十书不较也。"了翁退，即录所上文肃书及《日录辨》、《国用须知》，以状申三省，曰："昨诣尚书省投书，蒙中书相公面谕其详，谓瓘所论为元祐浅见单闻之说，兼言天下未尝乏才，虽有十书，布亦不动。瓘不达大体，触忤大臣，除具申御史台乞赐弹劾外，伏乞敷奏，早行窜黜。"遂出知泰州。邹道乡在西掖，救之不从。上临朝谓文肃曰："瓘如此报恩地耶！"又曰："卿一向引瓘，又欲除左右史，朕道不中，议论偏，今日如何？"文肃愧谢。初议窜徙，韩文定为首台，陆农师在政地，救之曰："瓘言诚过当，若责之，则更以此得名，曾布必能容之也。"谪乃薄。余谓前辈名节之重，身蹈危机，不复小顾，申省公牍，百载而下，读之凛凛有生气。余丱角时，先夫人教诵古今奏议，谓是足壮它日气节，此书与焉。今尚忆其全文曰："瓘闻之，古贤未尝无过。周公、孔子、颜渊，皆有过也。子路闻过则喜，所以为圣贤之徒；成汤改过不吝，所以为百世之师。故曰：'过而能改，善莫大焉。'匹夫改过，善在一身；大臣改过，福及天下。阁下德隆功大，四海之内所赞颂，然谓阁下无过则不可。尊私史而厌宗庙，缘边费而坏先政，此二者阁下之过也。违神考之志，坏神考之事，在此二者，天下所共知，而圣主不得闻其说，蒙蔽之患，孰大于此？瓘之所撰《日录辨》一篇，已进之于上，阁下试一读之，则所谓尊私史而厌宗庙者可见矣。瓘去年所论陕西、河东事，未尽详悉，近守无为，奉行朝廷诏敕，乃知天下根本之财，皆已运于西边。比缘都司职事，看详内降札子，因述其事，名曰《国用须知》，亦已进之于上。阁下试读之，则所谓缘边费而坏先政者可见矣。主上修继述之效，阁下乃违志坏事，以为继述，自今日已往，其效渐见。所以误吾君者，不亦大乎？效之速者，尤在于边费。熙宁条例司之所讲，元丰右曹之所守，举朝公卿，无如阁下最知其本末。今阁下独擅政柄，首坏先烈，弥缝壅蔽，人未敢议。它日主上因此两事，以继述之事问于阁下，阁下将何以为对？当此之时，阁下虽有腹心之助，恐亦不得高枕而卧也。且边事之费，外则帅臣，内则宰相。帅臣知一方之事而已，虽竭府库之财而倾之，不可责也。至于宰相之任，则异乎此矣。岂可以知天下匮竭，而恬不恤匮竭，因坏先政，因务蔽蒙，阁下欲辞其过，可乎？瓘比缘禀事，闻阁下之言，指尚书省为道揆之地，瓘谓阁下此言失矣。三省长官，宜守法而已，若夫道揆，天子三公之事，岂太宰之所得预乎？两年日食之变，皆在正阳之月。此乃臣道大强之应，亦阁下之所当畏也，宜守而揆，岂抑畏之谓乎！《周官》曰：'居宠思危。'今天下旱蝗，方数千里，天变屡作，人心忧惧，边费坏败，国用耗竭，而阁下方且以为得道揆之体，可谓居宠而不思危矣。阁下于瓘有荐进之恩，瓘不敢负，是以论吉凶之理，献先甲之言，冀有补于阁下。若阁下不察其心，拒而不受，则今日之言，谓之负恩可也。负与不负在瓘，察与不察在阁下。事君之位无高下，各行其志，孰得而夺之乎？瓘去年九月三日上封章，皆乞奏知东朝，所以尊人主而抑外家也。钦圣未见察，则瓘被贬黜，后来慈意开悟，则瓘得牵复。人主察孤臣之尽忠，钦圣知忠言之有补，母慈子孝，主圣臣直，此国家两全之道，庙社无疆之福也。今钦圣纳忠之美，未白于天下；而谏官不二之心，得罪于庙堂。胁持之风，甚于去岁，乖离之论，唱自大臣。所以厚钦慈者，果在此乎？瓘前日辞都司之命，而阁下未许其去者，阁下必有以处瓘矣，此士大夫之所共论也。主上念钦圣纳忠之意，察孤臣不二之心，奖眷之恩，至深至厚。瓘欲择死，所以图报效，无负于人主，无愧于外家。一身之安危，岂暇恤哉！然则今日之言，安知不见察于阁下也？阁下深思而已。璀不敢供要职，重取烦言，又不忍嘿嘿而去，惟阁下留听。幸甚。”前书《尊尧集表》，盖与此互见始末，詟谀立懦，不厌屡书也。正汇是似益可嘉，后竟坐罪，流削坎壈，不自悔云。

八阵图诗

瞿唐滟滪，天下至崄，每春夏涨潦，砂碛巨石如屋者，皆一夕随波去。独诸葛武侯八阵图，岿然历千古独存，识者谓其有神护。绍兴中，蜀士有喻汝砺者，持宪节来治于夔。趣召过郡，与夔帅宴江上，谓是图源委风后，表而诗之，自为序曰：“夔帅任子野，以人日置酒江濒，观武侯八阵图。诸公皆云八阵自武侯始，扪膝先生独谓不然，乃作古风示之，庶几诸公知八阵之所由起。”其诗曰：“鱼复江边春事起，万点红旗扬清泚。主人元是刘梦得，载酒娱宾水光里。酒阑放脚步沙碛，细石作行相靡迤。卧龙起佐赤龙子，天地风云入鞭棰。蛇盘虎翼飞鸟翔，四正四奇公所垒。当时二十四万师，开门阖门随臂指。几回吓杀生仲达，往往宵遁常骑豕。海中仙人丈二履，相与往来迃玉趾。笑云此公大肚皮，龙拿虎掷堆胸胃。江头风波几劘荡，断岸奔峰俱披靡。阳侯鏖战三峡怒，只此细石吹不起。晋大司马宣武公，常山之蛇中首尾。幕中砚砚何物客，未有一客能解此。千年独有老奇癫，见之敛袂三叹喟。颇知此法自元女，细与诸公剖根柢。君不见风后英谋尽奇诡，龛定蚩尤等蜉蚁。汉大将军亲阅试，四夷闻风皆褫气。马隆三千相角掎，西羌茸茸落牙觜。而公于此出新意，盖世功名无第二。不知何处著双手，建立乃与天地比。河图洛书亦如此，堂堂孔明今未死。我门生人如死人，老了不作一件事。却被猕猴坐御床，孰视天王出居汜。既不能跖穿膝暴秦王庭，放声七日哭不已。又不能断脰决腹死社稷，满地淋漓流脑髓。羡它安晋温太真，壮它霸越会稽蠡。八年嫪恋饱妻子，洒涕东风肉生髀。斑斑犹在杲卿发，离离未落张巡齿。爱惜微躯欲安用，有臣如此难准拟。虽然爱国心尚在，左角右角颇谙委。二广二矩及二甄，《春秋》所书晋所纪。况乃东厢与洞当，复有青龙洎旬始。淫淫陈法有如许，智者舍是愚者蔽。此图昔人之刍狗，参以古法行以已。偏为前距狄笑之，制胜于兹亮其岂。尔朱十万破百万，第顾方略何如耳？嗟我去国岁月老，渺渺赤心驰玉扆。可怜阿伾财女子，而我未刷邦家耻。属者买舟泸川县，扣船欲泛吴江水。赤甲山前春雪深，白帝城下扁舟舣。胡为于此久留滞？细雨打篷愁不睡。剽闻逆雏犯淮泗，陛下自将诛陈豨。六师如龙贼如鼠，杀回屋瓦皆蜚坠。距黍直射六百步，虏尸蔽江一千里。哀哉猕猴太痴绝，垂死尚持虞帝匕。那知光武定中兴，要把中原痛爬洗。君不见陛下神武如太宗，万全制陈将平戎。倚闻献馘平江宫，坐使四海开春容。六骈还自江之东，光复旧京如转蓬。蜀花千枝万枝红，辄莫取次随东风。奇癫眼脑醉冬烘，东向舞蹈寿乃翁。醉醒聊作《竹枝曲》，乞与欸乃歌巴童。”喻，三嵎人，靖康初为祠部外郎。伪楚之僭，集议秘省，簪弁恇慑，喻独扪其膝曰：“此岂易屈者哉！”即日挂冠去。于是以“扪膝”自号，有集十四卷，它诗文崄怪挺绝皆称是，刘后溪光祖实序之焉。

开禧北伐

开禧丙寅五月，王师北伐，有诏发镇江总司缗钱七十万，犒淮东军，命官宣旨军前。宣台檄余往，时鏠旗罙入，未有所底，传闻叵测，人皆惮行。文移峻甚，余不敢辞，遂浮漕河而北，次楚道北神，登海舟以入于淮。天方暑，夜碇中流，海光接天，星斗四垂，回首白云之思，恻然凄动。至涟水，城已焚荡，六军皆露宿；独馀军学宣圣一殿，岿然瓦砾中。余谒宣参，钱温父廷玉方病卧一板门上，在十哲之傍，视像设皆左衽，相顾浩叹。遂至金城，海舟之行，双桅舞风，舷几入水，稍转则反之，未尝正也。归复道洪泽、龟山至盱、泗，招抚郭倪，招宴泗之凝云楼。楼据城而高，城不甓，址以石，北望中原，无龙断焉。楼之下为厅事，后有屋三楹，榜曰金兰堂，方积笴充栋，榜青牌金字，乃一士人书，不知虏法何以不禁也。郡治陋甚，仅如江、浙一监当衙宇耳。虏法简便，大抵如此。闻之淮人云，此乃承平遗规，南渡以后，州郡事体始增侈。既涉淮，迄事归，而王师失利，溃兵蔽野下，泣声不忍闻，皆伤痍，或无半体，为之潸然，间有依余马首以南，然不可胜救也。是役也，殿司兵素骄，贯于炊玉，不能茹粝食；部餫者复幸不折阅，多杂沙士，军中急于无粮，强而受之。人旦莫给饭二盂，沃以炊汤，多弃之道。复负重暑行，不堪其苦，多相泣而就磬，道旁逃屋皆是，臭不可近。地多眢井，亦或赴死其间。每憩马一汲，辄得文身之皮，浮以桶面，间以井满不可汲。余暍甚，不复能勺，徒勺酒烹鸡而荐之。既还南徐官下，以蕴热饮恶，下利几三月乃苏。余尝以涂中所作诗篇为录，曰《北征》，多寓见其间，特不详所历。暇日回思少年气锐，直前不慑者，为之心折。因书梗概，以起髀肉之悲。

泗州塔院

余至泗，亲至僧伽塔下。中为大殿，两旁皆荆榛瓦砾之区，塔院在东厢。无塔而有院，后以土石甃洞作两门，中为岩穴，设五百应真像，大小不等，或塑或刻，皆左其衽。余以先妣素敬释氏，奉其一于笈中以归。殿上有十六柱，其大皆尺有半，八觚，色黯淡如晕锦，正今和州土码磁也。和之产，绍兴间始剖山得之，不知中原何时已有此。前六条特异，皆晶明如缠丝，承梁者二，高皆丈有六尺，其左者色正红透，时暑日方出，隐柱而观，烨然晃明，天下奇物也。泗人为余言，唐时张刺史建殿，而高丽有僧以六柱至，航海入淮。一龟趺露立，云旧有碑载其事，今不存，莫诘信否。塔有影，前辈传记杂书之。余至之明日，适见于城中民家，亟往观焉，信然。泗固无塔，而影俨然在地，殊不可晓。或谓影之见为不祥，泗寻荡弃，岂其应欤？殿柱，闻郭倪欲载以还维扬，今不知何在。

二将失律

王师始度淮，李汝翼以骑帅，郭倬以池，田俊迈以濠，分三军并趋符离，环而围之。虏守实欲迎降。忠义敢死已肉薄而登矣，我军反嫉其功，自下射之颠。陴者曰："是一家人犹尔，我辈何以脱于戮？"始复为备。符离一尉游徼于外，不得归，城外十里间有丛木，尉兵依焉。我之饷军者，辇过其下，招司不夙计，征丁于市，人皆无卫，部运官吏多道匿，无与俱者。尉鸣鼓，饷者尽弃而奔，则出于木间，聚而焚之。已辄归，三将无觉者，但怪粮不时至。居数日，而士不爨矣。初，取泗无攻具，夜发盱眙染肆之竿，若寺庙之刹，为长梯以登。泗本土堙，又无御者，幸而捷。忠义与军士，已争功而哗，及是复不携寸木往。居泗一月，而后之宿。宿闻有我师，以其帅府命，先芟积清野待，炮械无所取办，敢死又已前却，乃坐而仰高，搏手莫知所施。汝翼之至也，舍于城南。有方井之地，夷坦不宿草，军吏喜其免于崇薙也，而营之。会夜暑雨大作，营乃故积水卑洼处，草以浸死，元非可顿兵也。平明，帐中水已数尺，军饥，遂先溃。二军不能支，皆扫营去，改涂自蕲县归。入城少憩，而虏人坐其南门，覆诸山下矣，兵出方半，县门发屋者，皆桀石以投人，我军几殱焉。大酋仆撒孛堇者，使谓汝翼曰："田俊迈守濠，实诱我人而启衅端，执以归我，我全汝师。"汝翼不敢应。池之帅司提辖余永宁者，闻之以告倬曰："今事已尔，何爱一夫，而不脱万众之命乎！"倬怃然颔之，永宁传呼，召俊迈计事，至则殴下马反接。俊迈厉声呼倬曰："俊迈有罪，太尉斩之可也。奈何执以与虏！"倬回顾汝翼，俱不言，第目永宁，使速行。俊迈脱手自扼其喉，卒复敚之。俊迈有二驭者，忘其名，实在旁，不能救，泣而逃。虏既得俊迈，折箭为誓，启门以出二将，犹剿其后骑，免者不能半焉。轻骑至盱眙幕府自归，余时适至，二将舍玻璃泉，犹传呼，扬扬自若。倬，盖招抚侃之弟也，意右之，招余言，颇自文，欲縶以归于宣台。议既定，问余何以处，余曰："大义灭亲，正典刑，以全门户，上策也。使它日朝廷欲勿行，则失刑矣，何以驭军？行之则失恩矣，何以待招抚？"侃勃然变乎色，不终席而揖余以汤，招幕有与余厚者，退而咎余言太峻。余笑不答，遂登舟以归。倬未行，客有献计于侃者曰："军方败，事未宣也，縶而归之，其闻愈章。"遂庇弗遣。余归，病中得邸状，汝翼、倬俱薄谪湘、湖间，意泯熄矣。居亡何，有旨，命大理正乔梦符即京口置狱，推俊迈事，皆莫测所以发。既乃闻余永宁者，适以事至宣司，遇俊迈之驭，执之呼冤。丘枢讯焉，得其情。以事已行，不欲究，第杖永宁脊，黥流海岛。倬之弟僎，轻佻人也，好大言，闻永宁得罪而怒，实不知其事之出于倬，妄谓不然，以诉于平原。平原谓之曰："平反易耳，第万或一，然国有常宪，彼时何以为君地？不如姑已。"僎固称枉，请直之。乔遂来，复追永宁于道，俱下吏，左验明甚。九月，狱具，永宁磔死，倬弃市，从者皆论极典，汝翼以不出语，得减死，窜琼州。复劾其匿军帑之罪，籍其家赀。俊迈家赐宅予官。时倪犹帅扬，上亲洒宸翰慰安之。龙舒守章以初升之方待次居京口，因至扬，倪泣谓之曰："岳监仓在否？为我谢之。愧不及先知之明也。"至冬，倪亦以怯懦罢，遂谪南康。嘉定更化，与僎俱流岭南，赀产随所在没入之。僎盖又仪真丧师之将也。倬之罪不及汝翼，倬尝为建康副帅，在庐轻财勇往，迁池不数旬，即出兵于艰难中，颇得士卒心。方溃时，不得已俱至蕲，犹力战，独以一诺罹祸。汝翼尝为九江帅，刻剥无艺。军士甚贫者，日课履一双，军中号为"李草鞋"。其迁马帅也，船发琵琶亭，涂人咸诟而提击之。既败，犹取马司五万缗归其家，焚其籍。倬死之后，乔再入院鞠赃罪，兼旬而竟，仅得不死，人犹以为幸也。明年，有自虏逃归者云，见俊迈尚在虏，盖不杀。或谓郭氏实倡言以自道，莫可致诘。倪、倬、僎，皆棣、杲、果之诸子，浩之孙，世将家，宠利盈溢，进不知量，隤其家声云。

卷第十五八则

淳熙内禅颂

中兴三朝授受之懿，追媲尧禹。一时荐绅名士，亲逢盛际，浓墨大字，以侈千一之遇者间有之，而史不多见。三松王才臣子俊者，家庐陵，以文鸣江西，尝作《淳熙内禅颂》一篇，其文赡蔚典丽。余甲戌岁在九江，才臣自蜀东归，尝访余而出其稿。其文曰："惟皇上帝，简在宋德。诞集大命，于我艺祖。厥初造草昧，相时之黔，沦胥于虐，浮颐沈颠，靡所底定。其孰跻之，繄我是恃，宁濡我躬，俾即于夷涂。匪位之怀，我图我民，匪天我私，惟我有仁。八圣嗣厥理，益以厚厥泽，动植是洽，堪舆是塞。叶气兹有羡，以溢于罔极，计其攸钟，是必有甚盛德。使之横绝今古，焜耀典册，而后天之报施，乃不爽厥则。惟我高宗，克灵承于兹，属时阳九，天步用艰。犬羊外陵，狗鼠内讧，民罔奠居，皇纲就沦。惟我高宗，克宏济于兹，左秉招摇，右提干将，洒扫函夏，复寿炎箓，兹惟难能哉！典时神天，历载三纪，民生春熙，治象日舒，曾靡是居，俾圣嗣是荷，兹惟难能哉！惟我寿皇，绍大历服，圣谟无所事，改虑我则，阐之俾益光；圣治无所事，改为我则，熙之俾益昌。志靡一不继，事靡一不述。我兴问寝，明星在天，我往视膳，丽日在户。起敬起爱，用家人礼，祀越二十八，曾靡间厥肇，思笃于亲，爰释大位。高宗神孙，伊我圣子，我是用禅，先后惟一轨，皇乎休哉！邃古之茫，赫胥大鸿，楷庥绳书，不可考也已。羲图炳文，民用有识，孔删自唐，登载益焕，惟尧圣神，谈者稽焉。荡荡巍巍，匪天弗则，逊于虞妫，首出帝典。重华是仍，亦以授禹，由姒以降，莫返于古初。或以谓臣尧、舜、禹之事懿矣，揆之于今，其可俪欤！臣曰：'奚直俪之耳！'尧陟元后七十载，遭时不易，洚水滋儆，才者十六，未宣乃庸。凶族有四，未丽于辟，日丛万微，以悴于厥衷。式时元德，历试罔不绩，主祭宾门，天人交归焉。于庙受终，夫岂其艰？舜生登庸，越其在位。历载各三十，宅帝即真，又三十有三，稽图揆龄。九秩式有衎，脱蹝万乘，兹非其时哉！惟我高宗，春秋五十有六。惟我寿皇，春秋六十有三。黄屋赤霄，委以弗留。从容退居，靡俟大耄，以今准昔，其决孰需焉？以虞易唐，妫变而姒，惟械于位，廑廑释厥负，乃若为天子父，以天下养，后世无传焉。惟我寿皇，圣孝孔时，力靡遗馀，爱敬既究，熙以鸿号。锡类湛恩，燕及人老，巨典盛仪，辉赫万世。惟我皇上，聿骏前躅，日肃舆卫，来觐来省。翼翼如也，愉愉如也，以昔视今，其孝孰隆焉。故曰：'奚直俪之耳！'臣惟昔者，《封禅》、《典引》、《正符》等篇，其事至末矣，侈于丽藻，以掞不朽。矧今宏休，轶于古始，颂声弗宣，不其缺欤？作宋一经，以驾帝典，顾瞻朝著，将有人焉，臣贱不敢与兹事。尧极立民，康衢有谣，载在万世，不以贱废。臣诚不佞，请试效之，谨拜手稽首而作颂曰：'太初冥冥，孰究孰营？羲仪图之，靡丽于成。有圣惟勋，疏之瀹之，斧其不条，而荒度之。匪世不阜，匪穹不佑，可燕可守，而勋以不有。乃逊于华，与世为公，何以告之，曰允执其中。华述厥志，亦以命文命，率克念厥绍，以共阐厥盛。皇皇惟天，而勋则之，绝德与功，绍者克之。我瞻我稽，阅世惟千，泯泯棼棼，曾莫闯厥藩。天将开之，必固培之，厥培以丰，古尚克回之。岂惟回之？视培浅深，轶而蹦之，视我斯今。粤岁己酉，二月壬戌，天仗宵严，彤廷晓辟。穆穆寿皇，如天斯临，群后在位，奉承玉音。曰予一人，实倦于勤，退处北宫，以笃于亲。赫是大宝，畀我圣子，圣子惟睿，天命夙以启。不吝于权，盍居乃功，释焉不居，惟寿皇之公。寿皇之公，其孰发之？念我高宗，中心但之。始时春秋，五十有六，向用康宁，以燕遐福。亟其与子，于密退藏，其子为谁？繄我寿皇。寿皇承之，匪亟匪徐，二十八年，四方于于。国是益孚，生齿益蕃，于野于朝，肃肃闲闲。圣子重晖，如帝之初，于千万年，曾靡或渝。孰条不根，孰委弗源？念我高宗，允逊孔艰。匪高宗是怀，艺祖之思，洗时之腥，仁涵于肌。灵旗焰焰，平国惟九，其酋既贷，矧彼群丑。吾子吾孙，吾士大夫，毋刻尔刑，顾质之书。尔有嘉言，尔则我告，我赏我劝，如彼害何悼。不以干戈，而置诗书，维彼槐庭，谓匪儒弗居。列圣一心，讳兵与刑，维鲠言是听，惟大猷是经。钟我高宗，启我寿皇，爰及圣上，笃其明昌。惟是四条，式克至今，艺祖高宗，寿皇之心。匪时匪今，振古之式，式勿替厥度，亦以燕罔极。帝开明堂，百辟来贺，四夷攸同，莫敢或讹。不肃不厉，不震不竦，焯其旧章，贻我垂拱。勋迫大耄，乃禅于华，华逮陟方，俾夏建厥家。孰如高宗，及我寿皇，与龄方昌，而遽晦厥光。帝降而王，功弗德之逮，庸不列五帝，而祖三代。孰如我皇？惟德崇崇，显号鸿休，蔚其并隆。维时寿皇，万寿无疆，日三受朝，衮冕煌煌。维时皇上，治益底厥极，亲心载宁，万邦以无斁。万姓讴歌，于室于涂，微臣作颂，以对于康衢。'"又自作序其后，谓元次山言前代帝王有盛德大业者，必见于歌颂。盖帝王之世，以诗颂为一件最紧切事，专设采诗之官以搜求之，重以其时，教养有方，人人能文。故郊祀天地，则有颂；祀四岳河海，则有颂；讲武类祃，则又有颂；荐鱼献鲔等事，亦皆有颂。后世于诗颂既不甚经意，而能文之士，亦不世有，鸿烈丽藻，率不相值。且如有肃宗复两京之功，又适有元结能作颂；有宪宗平淮蔡之功，又适有韩愈、柳宗元能作碑若雅。是以其功烈益大，彰明灼著，足以传示无极。韩碑一为人所磨，易以段文昌之作，便俳谐浅陋，读者闷然厌之，岂复能有所发扬也？子俊于前辈，无能为役，亦讵敢谓能文？然所述《淳熙内禅颂》，乡曲一二巨公，皆盛有所称道。以为可以庶几古作者，堕在山林，无阶上彻，盖十有六年于兹。属者士大夫或惎之，俾自附于东汉傅毅之义，上表投进，亦试拟作表章一通矣。又念齿发如许，恐有干泽之嫌，以召简书朋友之讥，亦不果进也，顾藏之家，以自致其意云。才臣盖师诚斋，诚斋亟称其文，有"发而为文，自铸伟辞。其史论有迁、固之风，其古文有韩、柳之则，其诗句有苏、黄、后山之味，至于四六，踵六一、东坡之步武，超然绝尘，崛奇层出，自汪彦章、孙仲益诸公而下不论也。小技如尺牍，本朝惟山谷一人，今王君亦咄咄逼之矣。挟希世之宝，而未应时之须，可为长太息"等语。尝游京师，上史馆书，述此颂之意，以杜笃自况，阶荐得官，初任径为成都帅幕，归遂栖迟衡泌，其节亦可观云。

爱莫助之图

建中靖国初，韩文定忠彦当国，党祸稍解，天下吐气。邓洵武为起居郎，乘间以绍述熙、丰政事为言，上意虽不能无动，而未始坚决也。邓氏有位中丞者曰绾，成都人，在熙宁初，倅宁州。尝上言，陛下得圣臣，行《青苗》良法，臣以宁州民心欢悦者占之，天下可从知矣，惟陛下坚守勿变，毋惑流俗。王荆公喜，荐于上，遂阶召擢。是时蜀士在朝者，咸唾骂之。绾有"唾骂从汝，好官须我为之"之语。洵武，盖其子也。自度清议必弗贷，且有驷不及舌之虑，惧文定知之，未知所以回天者，忧形于色。有馆客者闻之，献计曰："新法者，神考所行之法也。韩琦实尝沮之，为条例司所驳，先帝以其勋劳弗之罪。今忠彦得政而废新法，是忠彦能绍述琦之志也。忠彦为人臣，尚不忘其父；上为天子，乃忘其父兄耶！诚能以此为上别白，上必感动。"洵武喜谢不及，造膝，如其言，玉色愀然，亟俞之。于是崇宁改元，天下晓然知其意矣。洵武复进一图，曰"爱莫助之图"，以丰、祐人才，分而为二，能绍述者居左，惟温益而下一二人，而列于右者，皆指为害政，盖举朝无遗焉。于左列之上，密覆一名曰蔡京，谓非相京不可，上览而是之。洵武亦驯致政地，卒之成蔡氏二十年擅国之祸，胎靖康裔夷之酷者，此图也。初，神宗既用荆公，随亦厌之，绾荐荆公之子雱，宸笔中出，以绾操心颇僻，赋性奸回，论事荐人，不循分守，遂罢中丞，知虢州。夫洵武以左史荐宰相，以庶僚变国论，可谓不循分守者矣，是以似之者欤！

庆元公议

赵忠定既以议者之言去国，善类多力争而逐，韩平原之权遂张，公议哗然，日有悬书北阙下者，捕莫知主名。太学生敖器之陶孙亦有诗其间，曰："左手旋乾右转坤，群公相扇动流言。狼胡无地归姬旦，鱼腹终天痛屈原。一死固知公所欠，孤忠赖有史长存。九原若遇韩忠献，休说渠家末代孙。”一时都下竞传。既乃知其出于器之。平原闻之，亦不之罪也。器之后登进士第，今犹在选调中。

杨艮议命

蜀有杨艮者，善议命，游东南公卿间。瞽而多知，自云知数，言颇不碌碌，其得失多以五行为主，不深信《珞琭》诸书。嘉泰辛酉，来九江，太守易文昌祓留之，遍见郡官。余适在周梦与坐上，时韩平原得君，权震天下，梦与因扣以所至，艮屏人愀然曰：“是不能令终。夫年壬申，金也，申为金位，有坤土以厚之，故金之刚者莫加焉，目曰剑锋，从可知矣。是金不复畏它火，惟丙寅能制之。盖支干纳音俱为火，而履于木，木实生火，火且自生，生生不穷，虽使百炼，终能胜天理之自然哉！凡人，生时主末，今乃遇之，兆已成矣。且其月辛亥，其日己巳，四孟全备，二气交战，虽以致大受之福，亦以挺冲击之灾。今术者亦颇知之，多疑其丙寅岁病死，以为不可再值，其实不然。盖火炎金液，外强中干，以刚遇烈，赫赫然天地一炉鞴，万物一橐籥，孰可乡迩？是年顾当兆祸耳，未疾颠也。年运于卯，火为沐浴，气微而败，灰烬熔竭，不能支矣。然受物也大，非尽其用弗可，一阳将萌，亶其时乎！”梦与相顾动色，谨志之册，弗敢言。及余官镇江，偶遇之，适林总卿祖洽来饷军兴，檄吴江袁丞韶入幕，丞登科，人有隽才。余问其命，曰辛巳，丙申，丁亥，壬寅，余谓亦俱在四孟，而丁壬、丙辛皆真化，且于格为天地，德合尤分明，遂扣艮前说，因以为拟。艮作而曰：“惟其太分明，所以非韩比，特二化气皆生，韩自此却不及之。”遂一笑舍去。既而艮言皆大验，乃叹其神。袁近岁以荐者改秩为宰，盖方晋未艾也。

献陵疏文

献陵嗣位未几，而有狄祸，躬蹈大难，以纾京邑之酷，天下归其仁，炎兴中天，八骏忘返。高景山初以讣闻，朝野缟素，皆有攀龙髯泣乌号之痛。任元受时为下僚，率中原搢绅，为位佛宫，以致哀焉。作疏文二篇，以叙其志，文澹意真，读者洒涕。其一曰："时巡万里，群心久阻于望霓；岁阅三星，凶问奄传于驰驲。哀缠率土，冤薄层空。臣等迹忝簪缨，心增荼蓼。从君以出，始惭晋国之亡臣；御主而还，终愧赵王之养卒。攀号靡及，摧殒何穷。尝闻无罪而杀一夫，尚复有辞而请上帝，矧兹二纪，丧我两君。义不戴天，扣九关而无路；礼应投地，庶十力之可凭。爰竭蚍蜉之诚，仰干龙象之驭。恭惟大行孝慈渊圣皇帝，夙跻上圣，遽辱多艰，嗣服几年，躬勤庶政。屈尊绝域，本为生灵，已深露盖之嗟，更剧辌车之痛。遗弓安在？凭几莫闻。薰修唯藉于佛乘，升济式资于仙驾。恭愿神游超越，睿识圆明。区脱尘空，来即宝华之法会；兜离响灭，常闻金鼓之妙音。更冀大觉垂慈，三灵协佑。护持正法，隆世祖中兴之功；摧伏诸魔，雪怀王不返之怨。"其二曰："仙驭宾空，载严遐荐，法筵撤席，更罄余哀。恭惟大行孝慈渊圣皇帝，蹈千仞之渊冰，脱群生于涂炭，皇天降割，裔土告终。万乘墨缞，将御徐戎之难；六军缟素，咸声义帝之冤。自怜疏逖之踪，莫效纤微之报。唯凭妙果，式助神游。恭愿法证三乘，趣超十地。如天子名为善寂，万有皆空；如世尊身入涅槃，一真不灭。然后神明助顺，中外协谋。载木主以徂征，并修先君之怨；奉梓宫而旋葬，仰慰在天之灵。"元受上汤中丞启，珂固尝书之。义不忘君，直不蔽奸，忠信之至也。徽祖上宾，洪忠宣盖尝于燕京悯忠寺，肆筵以奠。是时方身縻异境，若于郡国礼制之外，因心荐严，虽前无此比，亦不失臣子尽诚之谊云。

李　敬　子

南康属邑曰建昌，修水经焉。元祐尚书李公择常居其上，宗派皆承素业，以儒名。有曰敬子燔者，登进士第，为礼部《易经》魁，授岳阳郡博士。其祖母黄氏死，敬子请解官，与诸叔俱行丧，义声振一时。既复分教襄阳，武帅某者敬礼之，敬子独不答。适郡有醼，敬子预坐间，言及岁荐事，寮属咸起嗫嚅，帅曰："郡有贤儒为师楷，讵可舍不荐，皇及其它。"敬子作曰："燔之无功名念久矣，此决不敢当。"帅怒罢酒，然终欲牢笼之。敬子岸然弗屈。郡庠有櫺星门，居营幕之左，昏夙启闭之不时，军士以为病，请于前校官，削学地，置军门。既数载矣，敬子顾必复之。军吏讙呶不服，上之府帅，乘此欲挤之，文移颇侵学官。敬子解其意，一夕解印绶遁去。城阍以状白，帅径以闻，且劾擅去官守，有诏免所居官。敬子既归，躬锄耰，其乐不改，治庙祀，裁古今彝制为通行，家事绳绳有法度。筑室曰"耕读"，以待学者横经其间。士争趋之，舆议亟称其贤。嘉定辛未，诏除大理司直，朝路欣欣望其来，敬子力辞，且曰："燔苟固丘园，非所学，特冒焉立朝，惧越其分。请得以幕议赞澄清之最。"遂添差江西漕属。方其居乡时，士子向风，不远千里至。晦庵朱先生在建阳，敬子实师承之，其源流盖有自云。

黄　潜　善

宣和六年春，东都地震，后三月又震，宫殿门皆动有声。既而，兰州地及山之草木悉没入地，而山下麦苗乃在山上。驿书闻朝廷，徽祖为之侧席。时方得燕兵端衅日侈，上心向阑，遇灾而惧。临朝谓群臣曰："大观彗星之异，张商英劝朕畏天，戒更政事，虽复作辍，朕常不忘。"五月壬寅，遂罢经抚房，于是时事危一变矣。会遣右司郎中黄潜善按视回，乃没其实，以不害闻，天意遽回。六月，诏天下起免夫钱，图卒固燕，黄骤迁户部侍郎。建炎中兴，复以攀附致鼎轴，杀陈东、欧阳澈，逐李忠定纲，撤备纳寇，皆其为也。维扬渡江，以覆餗赐罢。迹其媕阿患得之心，盖已见于在庶僚时矣。遗臭千载，言之拂膺。

郭倪自比诸葛亮

郭棣帅淮东，实筑二城，倪从焉。余兄周伯吏部，时在其幕府，每从东阁游，见其论议自负，莫敢撄者。一日，持扇题其上，曰："三顾频烦天下计，两朝开济老臣心。"意盖以孔明自许。窃怪之，以为少年戏剧，妄标置耳。嘉泰、开禧间，倪位殿岩，宾客日盛，相与怂恿，真以为卧龙复出，遂逢当轴意，以兴六月之师。吴衡守盱眙，过见之于扬，倪迎谓曰："君所谓洗脚上船也。予生西陲，如斜谷、祁山皆陕隘，可守而不可出，岂若得平衍夷旷之地，掉鞅成大功，顾不快耶！"陈景俊为随军漕先行，燕之。中席酌酒曰："木牛流马，则以烦公。"众咸笑之。余至泗，正暑，见其坐上客扇，果皆有此两句，然后知所闻为不诬也。倬既溃于符离，僎又败于仪真，自度不复振，对客泣数行。时彭瀍传师为法曹，好谑，适在坐，谓人曰："此带汁诸葛亮也。"传者莫不拊掌。倪知而怒，将罪之，会罢去，遂止。传师，豪士，以恩科得官，依钱东岩之门，不伈伈顾宦，督府尝欲举以使虏，而不克遣，终老于选调云。

默　　记

［宋］王　铚　撰
孔　一　校点

校点说明

《默记》，宋王铚撰。铚，字性之，汝阴（今安徽阜阳）人，自称汝阴老民。绍兴初，以廷臣奏荐召视秩史官，给札奏御，为枢密院编修官。除《默记》外，尚有《补侍儿小名录》、《雪溪集》等著作传世。

本书所录，大都为五代末及北宋时期朝野杂事。作者于掌故颇为熟悉，所录多有据可信，且其中有他书罕及之内容。如一般以为李宗易与晏殊相知尤深，本书“李宗易郎中”条载伏暑中李宗易制“如盛冬初熟，霜粉蓬勃”之柿享客，其行近妖，招致晏殊厌恶，“自是遂疏之”。书中间及神秘怪异，此亦野史所未能免，无须苛求。

《默记》有多种丛书收录，其中收入足本的虽有三卷（《四库全书》、《学海类编》本）、一卷（《知不足斋丛书》本）之分，但内容并无多寡之别。今以《知不足斋丛书》本为底本，校以《文渊阁四库全书》本，并以有关史籍参校。失当之处，敬请指正。

默记

艺祖仕周世宗，功业初未大显。会世宗亲征淮南，驻跸正阳，攻寿阳刘仁赡未下。而艺祖分兵取滁州，距寿州四程皆大山，至清流关而止。关去州三十里则平川，而西涧又在滁城之西也。是时，江南李景据一方，国力全盛，闻世宗亲至淮上，而滁州其控扼，且援寿州，命大将皇甫晖、监军姚凤提兵十万扼其地。太祖以周军数千与晖遇于清流关隘路，周师大败。晖整全师入憩滁州城下，令翌日再出。太祖兵再聚于关下，且虞晖兵再至，问诸村人，云有镇州赵学究，在村中教学，多智计，村民有争讼者，多诣以决曲直。太祖微服往访之。学究者固知为赵点检也，迎见加礼。太祖再三叩之，学究曰："皇甫晖威名冠南北，太尉以为与己如何？"曰："非其敌也。"学究曰："然彼之兵势与己如何？"曰："非其比也。"学究曰："然两军之胜负如何？"曰："彼方胜，我已败。畏其兵出，所以问计于君也。"学究曰："然且使彼来日整军再乘胜而出，我师绝归路，不复有噍类矣！"太祖曰："当复奈何？"学究曰："我有奇计，所谓因败为胜、转祸为福者。今关下有径路，人无行者，虽晖军亦不知之，乃山之背也，可以直抵城下。方阻西涧水大涨之时，彼必谓我既败之后，无敢蹑其后者。诚能由山背小路率众浮西涧水至城下，斩关而入，彼方战胜而骄，解甲休众，必不为备，可以得志。所谓兵贵神速，出其不意。若彼来日整军而出，不可为矣！"太祖大喜，且命学究指其路。学究亦不辞，而遣人前导。即下令誓师，夜出小路亟行。三军跨马浮西涧以迫城，晖果不为备。夺门以入。既入，晖始闻之，旋率亲兵擐甲与太祖巷战，三纵而三擒之。既主帅被擒，城中咸谓周师大兵且至，城中大乱，自相蹂践，死亡不计其数。遂下滁州。即国史所载太祖曰"余人非我敌，必斩皇甫晖头"者，此时也。滁州既破，中断寿州为二，救兵不至，寿州为孤军。周人得以擒仁赡，自滁州始也。擒晖送世宗正阳御寨。世宗大喜，见晖于箦中，金疮被体，自抚视之。晖仰面言："我自贝州卒伍起兵佐李嗣源，遂成唐庄宗之祸。后率众投江南，位兼将相。前后南北二朝，大小数十战，未尝败，而今日见擒于赵某者，乃天赞赵某，岂臣所能及！”因盛称太祖之神武，遂不肯治疮，不食而死。至今滁人一日五时鸣钟，以资荐晖云。盖淮南无山，惟滁州边淮有高山大川，江淮相近处为淮南屏蔽，去金陵才一水隔耳。既失滁州，不惟中断寿州援，则淮南尽为平地，自是遂尽得淮南，无复障塞。世宗乘滁州破竹之势，尽收淮南，李景割地称臣者，由太祖先擒皇甫晖首得滁州阻固之地故也。此皇甫晖所以称太祖为神武者。晖亦非常人，知其天授，非人力也。其后真宗时所以建原庙于滁而殿曰端命者，太祖历试于周，功业自此而成，王业自此而始，故号端命。盖我宋之咸、镐、丰、沛也。其赵学究，即韩王普也。实与太祖定交于滁州，引为上介，辟为归德军节度使巡官，以至太祖受天命，卒为宗臣，比迹于萧、曹者，自滁州始也。

王朴仕周为枢密使。五代自朱梁以用武得天下，政事皆归枢密院，至今谓之二府。当时宰相但行文书而已，况朴之得君哉！所以世宗才四年间，取淮南，下三关，所向成功。时缘用兵，朴多宿禁中。一日，谒见世宗，屏人，颦蹙且仓皇叹嗟曰：“祸起不久矣！”世宗因问之。曰：“臣观玄象大异，所以不敢不言。”世宗曰：“如何？”曰：“事在宗社。陛下不能免，而臣亦先当之。今夕请陛下观之，可以自见。”是夜，与世宗微行，自厚载门而出，至野次，止于五丈河旁。中夜后，指谓世宗曰：“陛下见隔河如渔灯者否？”世宗随亦见之，一灯荧荧然，迤逦甚近则渐大，至隔岸大如车轮矣。其间一小儿如三数岁，引手相指。既近岸，朴曰：“陛下速拜之。”既拜，渐远而没。朴泣曰：“陛下既见，无可复言。”后数日，朴于李榖坐上得疾而死。世宗既伐幽燕，道被病，归而崩。明年，而天授我宋矣。火轮小儿，盖圣朝火德之盛兆，岂偶然哉！陆子履为先子言。

艺祖初自陈桥推戴入城，周恭帝即衣白襕乘轿子出居天清寺（世宗节名，而寺其功德院也）。艺祖与诸将同入内，六宫迎拜。有二小儿丱角者，宫人抱之亦拜。询之，乃世宗二子纪王、蕲王也。顾诸将曰：“此复何待！”左右即提去。惟潘美在后以手掐殿柱，低头不语。艺祖云：“汝以为不可耶？”美对曰：“臣岂敢以为不可，但于理未安。”

艺祖即命追还，以其一人赐美。美即收之以为子，而艺祖后亦不复问。其后名惟正者是也。每供三代，惟以美为父，而不及其他。故独此房不与美子孙连名。名夙者，乃其后也。夙为文官，子孙亦然。夙有才，为名帅，其英明有自云。

徐铉归朝，为左散骑常侍，迁给事中。太宗一日问："曾见李煜否？"铉对以"臣安敢私见之"，上曰："卿第往，但言朕令卿往相见可矣。"铉遂径往其居，望门下马，但一老卒守门。徐言："愿见太尉。"卒言："有旨不得与人接，岂可见也？"铉云："我乃奉旨来见。"老卒往报。徐入，立庭下。久之，老卒遂入，取旧椅子相对。铉遥望见，谓卒曰："但正衙一椅足矣。"顷间，李主纱帽道服而出。铉方拜，而李主遽下阶，引其手以上。铉告辞宾主之礼，主曰："今日岂有此礼？"徐引椅少偏，乃敢坐。后主相持大哭，乃坐默不言。忽长吁叹曰："当时悔杀了潘佑、李平！"铉既去，乃有旨再对，询后主何言。铉不敢隐，遂有秦王赐牵机药之事。牵机药者，服之前却数十回，头足相就如牵机状也。又后主在赐第，因七夕命故妓作乐，声闻于外，太宗闻之大怒；又传"小楼昨夜又东风"及"一江春水向东流"之句。并坐之，遂被祸云。

先子言，钱俶所以子孙贵盛蕃衍者，不特纳土之功，使一方无兵火之厄，盖有社稷大勋，虽其子孙莫知之也。从太宗平太原，既擒刘继元以归，又旁取幽燕，幽燕震恐。既迎大驾至幽州城下，四面攻城，而我师以平晋不赏，又使之平幽，遂军变。太宗与所亲厚夜遁。时俶掌后军，有来报御寨已起者，凡斩六人。度大驾已出燕京境上，乃按后军徐行，故銮辂得脱。不然，后军与前军合，又虏觉之，则殆矣。盖一夜达旦，大驾行三百里乃脱，皆俶之功也。

世传王迥遇女仙周瑶英事，或言非实，托寓而为之尔。是诚不然。当斯时，盛传天下，禁中亦知。是时，皇储屡夭。晏元献为相，一日，遣人请召迥之父郎官王璐至私第，款密久之。王璐不测其意。忽问曰："贤郎与神仙游，其人名在帝所，果否？"王璐惊惶，不知所对。徐曰："此子心疾，为妖鬼所凭，为家中之害，所不胜言。"晏曰："无深讳。不知每与贤郎言未来之事，有验否？"王璐对曰："间有后验，而未尝问也。"晏曰："此上旨也。上令殊呼郎中密托令似，以皇子屡夭，深轸上心，试于帝所问早晚之期与后来皇子还得定否?”王璐曰：“不敢辞。”后数日，来云：“密言谩令小子问之，小子言其人亲到九天，见主典簿籍者，言圣上若以族从为嗣，即圣祚绵久，未见诞育之期也。虽其言若此，愿相公勿以为信，以保家族。”晏公默然。其后闻所奏者，亦不敢尽言。富郑公，乃晏婿也。富公为宰相，皇子犹未降，故与文潞公、刘丞相、王文忠首进建储之议，盖本诸此。

王溥，五代状元，相周高祖、世宗，至本朝以宫师罢相。其父祚，为观察使致仕，待溥甚严，不以其贵少假借。每宾客至，溥犹立侍左右。宾客不自安，引去。国史言之详矣。祚居富贵久，奉养奢侈，所不足者，未知年寿尔。一日，居洛阳里第，闻有卜者，令人呼之，乃瞽者也。密问老兵云：“何人呼我?”答曰：“王相公父也。贵极富溢，所不知者寿也。今以告汝，俟出，当厚以卦钱相酬也。”既见，祚令布卦。成，又推命，大惊曰：“此命惟有寿也!”祚喜，问曰：“能至七十否?”瞽者笑曰：“更向上。”答以“至八九十否”，又大笑曰：“更向上。”答曰：“能至百岁乎?”又叹息曰：“此命至少亦须一百三四十岁也。”祚大喜曰：“其间莫有疾病否?”曰：“并无。”固问之，其人又细数之曰：“俱无。只是近一百二十岁之年，春夏间微苦脏腑，寻便安愈矣。”祚喜，回顾子孙在后侍立者，曰：“孙儿辈切记之，是年且莫教我吃冷汤水。”

太宗长子楚王元佐既病废，次即昭成太子元僖，封许王，最所钟爱。尹开封府，择吕端、张去华、陈载一时名臣为之佐。礼数优隆，诸王莫比。将有青宫之立。王丰肥，舌短寡言，娶功臣李谦溥侄女，案：《宋史》作谦溥女。而王不喜之。嬖惑侍妾张氏，号张梳头，阴有废嫡立为夫人之约。会冬至日，当家会上寿，张预以万金令人作关捩金注子，同身两用，一著酒，一著毒酒。来日，早入朝贺，夫妇先上寿。张先斟王酒，次夫人。无何，夫妇献酬，王互换酒饮，而毒酒乃在王盏中。张立于屏风后见之，挽耳顿足。王饮罢，趋朝，至殿庐中，即觉体中昏愦不知人。不俟贺，扶上马，至东华门外，失马仆于地，扶策以归而卒。太宗极哀恸，命王继恩及御史武元颖鞫治。一作武克颖。案《宋史》不载武名。顷刻狱就，擒张及造酒注子人凡数辈，即以冬至日脔钉于东华门外。赠王为太子。府僚吕端、陈载俱贬官；而张去华已去官，旋以他事贬云。去华之孙景山言亲见其详。今国史载此事多微辞，惟言上闻之停册礼，命毁张之坟墓而已。

晏元献守长安。有村中富民异财，云素事一玉髑髅，因大富。今弟兄异居，欲分为数段。元献取而观之，自颔骨左右皆玉也，瓌异非常者可比。公见之，喟然叹曰："此岂得于华州蒲城县唐明皇泰陵乎？"民言其祖实于彼得之也。元献因为僚属言："唐小说：唐玄宗为上皇，迁西内，李辅国令刺客夜携铁槌击其脑。玄宗卧未起，中其脑，皆作磬声。上皇惊谓刺者曰：'我固知命尽于汝手，然叶法善曾劝我服玉，今我脑骨皆成玉；且法善劝我服金丹，今有丹在首：固自难死。汝可破脑取丹，我乃可死矣。'刺客如其言取丹，乃死。孙光宪《续通录》云：玄宗将死，云：'上帝命我作孔昇真人。'爆然有声。视之，崩矣。亦微意也。然则，此乃真玄宗之髑髅骨也。"因潜命瘗于泰陵云。肃宗之罪著矣。或云，肃宗如武乙之死，可验其非虚也。

王朴仕周世宗，制礼作乐，考定声律，正星历，修刑统，百废俱起。又取三关，收淮南，皆朴为谋。然事世宗才四年耳，使假之寿考，安可量也？尝自谓"朴在则周朝在"，非过论也。王禹偁记，朴在密院，太祖时为殿前点检。一日，有殿直冲节者诉于密院。朴曰："殿直虽官小，然与太尉比肩事主，且太尉方典禁兵，不宜如此。"太祖耸然而出。又周世宗于禁中作功臣阁，画当时大臣如李穀、郑仁诲与朴之属。太祖即位，一日过功臣阁，风开半门，正与朴像相对。太祖望见，却立耸然，上御袍襟领，罄折鞠躬顶礼乃过。左右曰："陛下贵为天子，彼前朝之臣，礼何过也？"太祖以手指御袍云："此人若在，朕不得此袍著。"其敬畏如此。又《闲谈录》云朴植性刚烈，大臣藩镇皆惮之。世宗收淮南，俾朴留守。时以街巷隘狭，例从展拓，怒厢校弛慢，于通衢中鞭背数十。其人忿然叹云："宣补厢虞候，岂得便从决？"朴微闻之，命左右擒至，立毙于马前。世宗闻之，笑谓近臣云："此是大愚人。去王朴面前夸宣补厢虞候，宜其死矣！"

吕申公为相，有长者忠厚之行，故其福禄子孙，为本朝冠族。尝因知制诰有阙，进拟晁宗悫。仁宗曰："无甚文名。"命别拟人。申公曰："臣之所见，或异于是。今内外之臣，文字在宗悫之上固多，但宗悫父迥年逾八十，受先朝尊礼，若使其生见子为侍从，且父子世掌丝纶，尤为盛事，迥必重感戴，足以惇圣朝孝悌之风。"上许之，即降旨召试。是日，亟命至中书，迥方熟睡，不暇白知也。既毕，还家，而迥老病，卧于床上，注目以待宗悫之归，问："今日来何晏也？"宗悫具白："召试毕方归，故不暇白大人也。"问："试得意否？"宗悫曰："甚得意也。"迥大喜，遽下床扶行，失病所在。盖久病卧于床，因喜其子召试而忘其疾也。宗悫在词掖久之，父子每同锡燕，搢绅荣之。宋绶云："自唐以来，惟杨於陵身见其子嗣复继掌书命，至是有晁氏焉。"然则吕申公作相而恤人之老，真宰相器也，其有后，宜哉！

章懿李太后生昭陵，而终章献之世，不知章懿为母也。章懿卒，先殡奉先寺。昭陵以章献之崩，号泣过度。章惠太后劝帝曰："此非帝母，帝自有母宸妃李氏，已卒，在奉先寺殡之。"仁宗即以犊车亟走奉先寺，撤殡观之，在一大井上，四铁索维之。既启棺，而形容如生，略不坏也。时已遣兵围章献之第矣。既启观，知非鸩死，乃罢遣之。

丁谓当国，权势震主。引王沂公为参知政事，谄事谓甚至。既登政府，每因闲暇，与谓言，必涕泣作可怜之色。晋公问之数十次矣。一日，因问，闵然对曰："曾有一私家不幸事，耻对人言。曾少孤，惟老姊同居，一外生不肖，为卒，想见受艰辛杖责多矣。老姊在青州乡里，每以为言。"言讫，又涕下。谓亦恻然。因为沂公言："何不入文字，乞除军籍？"沂公曰："曾既污辅臣之列，而外生如此，岂不辱朝廷？自亦惭言于上也。"言毕，又涕下。谓再三勉之云："此亦人家常事，不足为愧。惟早言于上，庶脱其为卒之苦尔。"自后，谓数数勉之留身上前奏知，沂公必涕下曰："岂不知军卒一日是一日事，但终自羞赧尔！"晋公每催之，且谓沂公曰："某日可留身奏陈。"沂公犹不欲，谓又自陈之。一日，且责沂公："门户事乃尔缓？谓当奉候于阁门。"沂公不得已，遂留身。既留身，逾时。至将进膳，犹不退。尽言谓之盗权奸私，且言："丁谓阴谋诡谲，多智数，变乱在顷刻。太后陛下若不亟行，不惟臣身齑粉，恐社稷危矣！"太后大怒，许之，乃退。晋公候于阁门，见其甚久，即顿足捩耳云："无及矣！"方悟知其令谓自为己谋，不使之觉，欲适当山陵之事而发故也。沂公既出，遇谓于阁门，含怒不揖而出。晋公始悟见卖，含毒而已不觉也。是日，既至都堂，召两府入议，而不召谓。谓知得罪，祈哀于冯拯、钱惟演及曾等，曰："今日谓家族在诸公矣。"太后欲诛谓，拯申理之。沂公奏请召知制诰，就殿庐草制罢之，不复宣麻。太后从之。责太子少保，分司西京，俄窜崖州。向使谓防闲沂公，则岂有此祸？故知权数在谓之上也。案此事又见朱弁《曲洧旧闻》，与此微异。

章献太后智聪过人。其垂帘之时，一日，泣语大臣曰："国家多难如此，向非宰执同心协力，何以至此？今山陵了毕，皇亲外戚各以迁转推恩，惟宰执臣寮亲戚无有恩泽。卿等可尽具子孙内外亲族姓名来，当例外一一尽数推恩。"宰执不悟，于是尽具三族亲戚姓名以奏闻。明肃得之，遂各画成图，粘之寝殿壁间。每有进拟，必先观图上，非两府亲戚姓名中所有者，方除之。

狄青善用兵，多智数，为一时所伏。其出师讨侬智高也，既行，燕犒士卒于琼林苑中。将士皆列坐。酒既行，青自起巡而问之曰："儿郎若肯随青者，任其愿同去。若有父母侍养及家私幼小、畏怯不愿去者，便请于此处自言。若大军一起之后，敢有退避者，惟有剑耳！"于是三军之士皆感泣自励，至岭外，无一人敢有怠惰者。

侬智高犯广南，破诸郡。官军屡败，朝廷震动，遂遣狄青作宣抚招讨使。青至洪州，闻陶弼在外邑丁忧。盖弼久作广南官也。青至，微服往见弼，问筹策。弼察其诚，为青言广南利害曰："官吏皆成贪墨不法，惟欲溪洞有边事，乘扰攘中济其所欲，不问朝廷安危，谓之'做边事'，涵养以至今日。非智高能至广州，乃官吏不用命，诱之至此。智高岂能出其巢穴至广州哉！今诚能诛不用命官吏，使兵权在我，一变旧俗，则贼不足破也。"青大奇之。所以初至广州，按法诛不遵节制、出兵而败陈崇仪而下三十余人。明日，一鼓而破贼。二广晏然者，用弼之策也。青南讨至岭下，随军广南转运使李肃之等迎于界首，具櫜鞬谒青，曰："某等随军转运使。今已入本界，请大军粮食之数及要若干硕数、月日多少，请预备之。"青答曰："此行亦无东西南北远近所在，亦无岁月多少之期。既曰随军转运，须著随军供赡，人人足备。若少一人之食，则先斩转运使。"肃之等悚然而退。故其军食足而成功捷。此善为将帅者也。

高遵裕之为将取灵州也，范纯粹、胡僧孺为转运使。既至军前，大陈军仪，会将校。二漕同禀："此行军粮多少月日？"遵裕拈须熟计久之，反覆思索而言曰："且安排一月。"二漕应诺，对遵裕呼书吏取纸，自书一月军粮状，遵裕判押照会讫，乃罢。其后，灵州城下军溃乏食，死亡几半。朝廷罪，遵裕以乏食自解。置狱华州，二漕使出遵裕所押一月军令状自解。故遵裕深责，而二漕止降一官。以此二者观之，大帅之语默举措，可以见成败矣。

滕元发言，杜祁公作相，夜召元发作文字。因观其状貌，叹曰："此骨相穷寒，岂宰相之状也？"徐命左右秉烛，手展书卷，起而观之，见眼有黑光，径射纸上。元发默然曰："杜公之贵者，此也。"后与王介甫同作馆职，同夜直，忽见介甫展书烛下，黑光亦径射纸上。因为荆公说祁公之事，言介甫他日必作相。介甫叹曰："子勿相戏，安石岂愿作宰相哉？"十年之间，果如元发之言。

董士廉，关中豪侠之士。佐刘沪同擅筑水洛城，尹师鲁大非之。其后，狄青帅渭，希师鲁意，以沪擅兴，械送狱，将按诛之。时士廉已罢幕府至京师，青言于朝，槛车捕送，欲至渭而诛之。时士廉过华阴县，姚嗣宗知县事。姚、董，意气之交也。县当发人护送，而监者兵仗严密如护叛，逆者不得语也。嗣宗交护送者于路，因呼士廉行第，屡引两手向上示之。士廉应曰："会得嗣宗意，令作向上一路出此槛车也。"既至渭州，青方坐厅事，列兵仗，盛怒以待之。士廉在槛车中见青，大呼曰："狄青，你这回做也！你只是董士廉碍著你，你今日杀了我，这回做也！"青闻之，大惊，不敢诛。盖青起于卒伍而贵，常有嫌疑之谤，心恶闻此语，因破槛车，械送狱。既在有司，士廉得以为计矣。其后反讼师鲁赃罪，师鲁贬死，而士廉从轻比者，用姚嗣宗之计得脱也。

狄青宣抚广南，平侬智高。未出师，先大陈军仪，数诸将不俟大军之到，先出师不利，就坐擒陈崇仪等三十余人拽出。一有斩之二字。次问余襄公，襄公矍然下拜，而孙元规颇申理之，得免。次及提刑祖择之，问诸将兵败亡之由。择之知必不免，勃然起对曰："太尉不得无礼！无择来时，金口别有宣谕。”其客将在厅下，即呼牵提刑马，遂就厅事上马以出于甲胄兵戈之间。既至所舍，便溺俱下，满于鞍鞯。此所谓气胜也。盖青武人，非仓猝之间言“金口别有宣谕”以折其谋，则必不免矣。

晏元献自西京以久病请归京师，留置讲筵。病既革，上将临问之。甥杨文仲谋谓：“凡问疾大臣者，车驾既出，必携纸钱。盖已膏肓，或遂不起，即以吊之，免万乘再临也。”遂奏：“臣病稍安，不足仰烦临问。”仁宗然之。实久病，忌携奠礼以行。然后数日即薨。故欧公作神道碑言：“明年正月，疾作，不能朝。饬太医朝夕视，有司除道，将幸其家。公叹曰：‘吾无状，乃以疾病忧吾君。’即奏：‘臣疾少间，行愈矣。’乃止。丁亥，以公薨闻。上以不即视公为恨。”盖此意也。

曹襄悼利用既忤宦者，明年，会其侄汭在真定因侍婢与中馈争宠，嫁出之，而汭犹过其家不已。其夫不胜愤。因汭衩衣衣淡黄袄子入其家，而其夫山呼，汭仓卒不知避。宦者为走马奏之，即倡言汭与其叔利用谋不轨，差王博文勘其事。锻炼既成，以大镬煎油，拉汭烹之。至今都监之廨凶不可入，盖汭之冤魄犹在也。欧阳叔弼言：“顷于青州王家见章献与王沂公亲札一纸云：‘曹利用与其侄儿谋叛，事理分明也，须早杀却。若落他手，便悔不及也。’”

王介甫初罢相，镇金陵；吕吉父参知政事，独当国。会李逢与宗室世居狱作，本以害王文恪陶、滕章敏元发、范忠宣尧夫三人也。王、滕皆李逢亲妹夫，而忠宣李氏之甥，逢之表兄弟。狱事之作，范公知庆州，忽台狱问：“皇祐年，范公与逢相见，语言不顺。”范公仓卒无以为计，忽老吏言：“是年文正方守庆州。”检架阁库，有文正差兵士送范公赴举公案尚在。据其年月，则范公方在庆州侍下。其月日不同，安得语言与逢相见也？遂据公案录白申台中，乃止。向非公案，则无以解纷矣。范公得脱；而元发坐亲累落职知池州；王以东宫官，神宗保全之乃免。

王介甫罢相守金陵，吕吉父参知政事，起郑侠狱，欲害介甫。先罢王平甫，放归田野。王、吕由是为深仇。又起李逢狱，以李士宁介甫布衣之旧，以宝刀遗宗室世居事，欲陷介甫。会朝廷再起介甫作相，韩子华为次相，急令介甫赴召，其事遂缓。故介甫星夜来朝，而得解焉。李之仪端叔言："元祐中，为六曹编敕删定官，见断案：李士宁本死罪，荆公就案上亲笔改作徒罪，王巩本配流，改作勒停；刘瑾、滕甫凡坐此事者，皆从轻比焉。"

张茂实太尉，章圣之子，尚宫朱氏所生。章圣畏惧刘后，凡后宫生皇子、主子，主子一作公主。俱不留。以与内侍张景宗，令养视，遂冒姓张。既长，景宗奏授三班奉职。入谢日，章圣曰："孩儿早许大也。"昭陵出阁，以为春坊谒者。后擢用，副富郑公使虏，作殿前步帅。中丞韩绛言："茂实出自宫中，迹涉可疑。富弼引以为殿帅，盖尝同奉使，交结有自。"弼惶恐待罪。然朝廷考校茂实之除岁月，非弼进拟。出绛知蔡州，弼乃止。厚陵为皇太子，茂实入朝，至东华门外，居民繁用者，迎马首连呼曰："亏你太尉！"茂实皇恐，执诣有司，以为狂人而黥配之，其实非狂也。茂实缘此，求外郡。至厚陵即位，避藩邸讳，改名孜，颇疏之。自知蔡州坐事移曹州，忧恐以卒。谥勤惠。滕元发言，尝因其病问之，至卧内，茂实岸帻起坐，其头角巉然，真龙种也，全类奇表。盖本朝内臣养子未有大用至节帅者，于此可验矣。其子询，字仲谋，贤雅能诗。有子与邸中作婿，此可怪也。

韩魏公帅定，狄青为总管。一日会客，妓有名白牡丹者，因酒酣，劝青酒曰："劝班儿一盏。"讥其面有涅文也。青来日遂笞白牡丹者。后青旧部曲焦用押兵过定州，青留用饮酒，而卒徒因诉请给不整。魏公命擒焦用，欲诛之。青闻而趋就客次救之。魏公不召，青出立于子阶之下，恳魏公曰："焦用有军功好儿。"魏公曰："东华门外以状元唱出者乃好儿，此岂得为好儿耶！"立青而面诛之。青甚战灼，久之。或白："总管立久。"青乃敢退，盖惧并诛也。其后，魏公还朝，青位枢密使，避火般家于相国寺殿。一日，衩衣衣浅黄袄子，坐殿上指挥士卒，盛传都下。及其家遗火，魏公谓救火人曰："尔见狄枢密出来救火时著黄袄子否？"青每语人曰："韩枢密功业官职与我一般，我少一进士及第耳。"其后彗星出，言者皆指青跋扈可虑，出青知陈州。同日，以魏公代之。是夕彗灭。

王广渊识英宗于潜邸。及即位，欲大用之。不果。然中外之事莫不以闻，又论宰执专权须收主威。英、神二朝俱主其说，时宰患之，无如之何。乃反间谏官司马君实，力言其奸邪不可近。章至八九上，广渊竟出外。世徒知君实言广渊，而不知宰相之反间也。然则阴讽台谏以逐人主亲臣，古今之所不免。其后神宗时，君实言杨绘不当言曾公亮事。神宗御批与滕元发，令谕绘云："光醇儒少智，未必不为人阴使之耳。"盖广渊被逐，尝言君实纯直，受人风指之误而云耳。

司马温公屡言王广渊，章八九上，留身乞诛之以谢天下，声震殿廷。是时滕元发为起居注，侍立殿坳。既归，广渊来问元发："早来司马君实上殿，闻乞斩某以谢天下，元发在螭坳，不知圣语如何？"元发戏曰："只我听得圣语云：'依卿所奏'。"

欧阳大春，湖南人，元祐初为广东幕官。尝梦入一僧舍，稍新洁，有大榜题其西室曰："宰相蔡确死于此室。"既寤，不晓其旨。时持正尚在相位。未几，闻外补，而大春以漕檄权知新州。一日，入僧舍，宛然梦中所见。又有西室，亦如梦也。方叹息与同官言之。未几，持正责新州，州无他僧寺，竟居于此寺。而所卒之地，悉如前梦。又何异也！

李宗易郎中，陈州人，诗文、琴棋、游艺皆妙绝过人，前辈中名士也。晏临淄公为陈守，属伏暑中同诸客集于州之后圃。时炎曦赫然，晏公叹曰："江南盛冬烘柿当此时得而食之，应可涤暑也。"宗易忽对曰："此极易致。愿借四大食合。"公大惊，遽令取之。宗易起，入于堂之西房，令取合，复掩关。少刻而出，振衣就席，徐曰："可令开合。"既如言，烘柿四合俱满，正如盛冬初熟者，霜粉蓬勃。分遗众客及其家，靡不沾足。晏公曰："此人能如此，甚事不可做！"自是遂疏之。

神宗初即位，慨然有取山后之志，滕章敏首被擢用。所以东坡诗云："先帝知公早，虚怀第一人。"盖欲委滕公以天下之事也。一日，语及北虏事，曰："太宗自燕京城下军溃，北虏追之，仅得脱。凡行在服御宝器，尽为所夺；从人宫嫔，尽陷没。股上中两箭，岁岁必发，其弃天下竟以箭疮发云。盖北虏乃不共戴天之仇，反捐金缯数十万以事之为叔父，为人子孙，当如是乎！"已而泣下久之，盖已有取北虏大志。其后永乐、灵州之败，故郁郁不乐者尤甚，怆圣志之不就也。章敏公为先子言。

王君辰榜，是时欧公为省元。有李郎中，忘其名，是年赴试南宫。将迫省试，忽患疫，气昏愦。同试相迫，勉扶疾以入。既而疾作，凭案上困睡，殆不知人。已过午，忽有人腋下触之。李惊觉，乃邻座也，问所以不下笔之由。李具言其病。其人曰："科场难得。已至此，切勉强。"再三言之。李试下笔，颇能运思。邻座者乃见李能属文，甚喜，因尽说赋中所当用事，及将己卷子拽过铺在李案子上，云："某乃国学解元欧阳修，请公拆拽回互尽用之不妨。"李见开怀若此，顿觉成篇，至于诗亦然。是日程试，半是欧卷，半是欧诗。李大感激，遂觉病去。论策二场亦复如此。榜出，欧公作魁，李亦上列，遂俱中第云。后李于家庙之旁画欧公像，事之等父母，以获禄位者皆公力也。李尝与先祖同官，引先祖至影堂观之。先祖、先公每言此，以为世之场屋虚诞以相忌嫉者之戒云。

京兆李植，字化光，观察使士衡之孙。自少年好道，不乐婚宦。初为侍禁，约婚慈圣。既娶，迎入门，见鬼神千万在其前。植惊走，逾墙避之。后时即还父母家，俄选为后焉。植后自放田野，往来关中、洛阳、汝州，人以为有道之士也。

刘贡父过宝应僧舍，与昭禅师者语。壁有画山水，极妙。昭语贡父乃化光所画。贡父率然赞之曰："昆仑有名，瑶池芹实。在梦暂觏，观幻旋失。惟是墨妙，半壁萧瑟。崎巇坎壈，云舒川疾。是心中象，非笔端物。大士观化，四海一室。"

先公言，刘庄恪公平初及第，为常州无锡尉。时有巨盗在境上未获。会岁旦日，入谒县宰。是时，循国初故事，多用齐鲁鄙朴经生为县令，而无锡令又昏老之经生也，令厅吏赞簿尉廷趋，而端坐于厅事受之。平素尚气，不能堪，径趋厅事捽而奋拳痛殴之，踣于座下。左右挽引以去。一邑喧传尉殴死令矣，平亦不顾，归而酣饮至醉。群盗闻尉殴令死，大喜，乘节日至邑之草市饮酒。会有密报平者，乘大醉，亟呼弓手并市人往捕之。诸盗俱醉，且不虞尉能遽至也。平手杀五人，擒得者二十余人，全火并获，凯旋归邑。会令家嚾药救之得苏，功过俱奏上，诏改大理评事，知鄢陵县。由此知名。

王荆公于杨寘榜下第四人及第。是时，晏元献为枢密使，上令十人往谢。晏公俟众人退，独留荆公，再三谓曰："廷评乃殊乡里，久闻德行乡评之美，况殊备位执政而乡人之贤者取高科，实预荣焉。"又曰："休沐日相邀一饭。"荆公唯唯。既出，又使直省官相约饭会，甚殷勤也。比往时，待遇极至。饭罢，又延坐，谓荆公曰："乡人他日名位如殊，坐处为之有余矣。"且叹慕之又数十百言，最后曰："然有二语欲奉闻，不知敢言否？"晏公言至此，语欲出而拟议久之，乃泛谓荆公曰："能容于物，物亦容矣。"荆公但微应之，遂散。公归至旅舍，叹曰："晏公为大臣，而教人者以此，何其卑也！"心颇不平。荆公后罢相，其弟和甫知金陵，时说此事，且曰："当时我大不以为然。我在政府，平生交友，人人与之为敌，不能保其终。今日思之，不知晏公何以知之，复不知'能容于物，物亦容焉'二句有出处，或公自为之言也。"

王荆公议阿云按问自首法，举朝纷纷，唯韩持国与公议同。一日晚，见持国叹曰："此法至近而易知之事，乃与时议如此大异！"持国因曰："此事维与介甫同，因夜来枕上不能寐，细思之，亦有可议也。"荆公叹曰："此一事，安石理会来三十年矣，持国以一夕聪明胜之，不亦难乎！"

夏英公其父侍禁，名廷皓。因五鼓入朝，时冬月盛寒，见道左有婴儿啼甚急，盖新生子也。立马遣人烛下视之，锦绷文葆，插金钗子二只，且男子也。夏无子，因携去，育之，竟不知谁氏子焉。稍长，其父没王事，得官润州丹阳主簿。姚铉作浙漕，见其人物文章，荐试大科，遂知名。

章子厚作宰相日，齐州奏，孙耿镇监镇武臣私官奴，乃本镇富民所畜也。一夕，诣官奴，为富民结客殴之，伤重垂尽而逸。旦，阴遣人诉于州。州奏监罪，请置于法。子厚为请，富民诛于镇市中，监官放罪还任。

神宗遣贵珰张茂则传宣抚问韩魏公，公待以旧例常礼。或谓公："茂则贵密，方亲信，宜厚遇之。"公曰："正谓此也。我若过礼之，茂则归奏，必为人主所窥，不若且守中而已。乃所以防闲也。"

陈秀公罢相，以镇江军节度使判扬州。其先茔在润州，而镇江即本镇也。每岁十月旦、寒食，诏许两往镇江展省。两州送迎，旌旗舳舰，官吏锦绣，相属于道，今古一时之盛也。是时，王荆公居蒋山，骑驴出入。会荆公病愈，秀公请于朝，许带人从往省荆公。诏许之。舟楫衔尾，蔽江而下，告衔于舟中喝道不绝，人皆叹之。荆公闻其来，以二人肩鼠尾轿，迎于江上。秀公鼓旗舰轴正喝道，荆公忽于芦苇间驻车以俟。秀公令就岸，大舟回旋，久之，乃能泊而相见。秀公大惭。其归也，令罢舟中喝道。

先子言，元丰末，王荆公在蒋山野次，跨驴出入。时正盛暑，而提刑李茂直往候见，即于道左遇之。荆公舍蹇相就，与茂直坐于路次，荆公以兀子，而茂直坐胡床也。语甚久，日转西矣，茂直命张伞，而日光正漏在荆公身上。茂直语左右，令移伞就相公。公曰："不须。若使后世做牛，须著与他日里耕田。"

华州西岳庙，门里有唐玄宗封西岳御书碑，其高数十丈，砌数段为一碑。其字八分，几尺余，直上薄云霄也。旧有碑楼，黄巢入关，人避于碑楼上，巢怒，并楼焚之。楼既焚尽，而碑字缺剥焚损，十存二三也。京兆姚嗣宗知华阴县，时包希仁初为陕西都转运使，才入境，至华阴谒庙，而县官皆从行。希仁初不知焚碑之由，礼神毕，循行庙内，见损碑，顾谓嗣宗曰："可惜好碑，为何人烧了？"嗣宗作秦音对曰："被贼烧了。"希仁曰："县官何用？"嗣宗曰："县中只有弓手三四十人，奈何贼不得。"希仁大怒曰："安有此理！若奈何不得，要县官何用？且贼何人，至于不可捉也？"嗣宗曰："却道贼姓黄名巢。"希仁知其戏己，默然而去。

李后主手书金字《心经》一卷，赐其宫人乔氏。乔氏后入太宗禁中，闻后主薨，自内廷出其经，舍在相国寺西塔以资荐，且自书于后曰："故李氏国主宫人乔氏，伏遇国主百日，谨舍昔时赐妾所书《般若心经》一卷在相国寺西塔院。伏愿弥勒尊前持一花而见佛"云云。其后，江南僧持归故国，置之天禧寺塔相轮中。寺后失火，相轮自火中堕落，而经不损，为金陵守王君玉所得。君玉卒，子孙不能保之，以归甯凤子仪家。乔氏所书在经后，字极整洁，而词甚凄惋，所记止此。徐锴集南唐制诰，有宫人乔氏出家诰，岂斯人耶？

李师中诚之，其父纬，坐镇戎军退阵，当斩。诚之赴省试，讼父之冤，且乞斩韩魏公，以其起陕西民兵乃应贼致败。是时，诚之叔纮知开封府，诚之方年十八岁。一日，纮坐厅视事，见朝廷押上书人至阶下，视之，乃其家六秀才也。寻得释，是年遂登科。

李师中与王介甫同年进士，自幼负材气。一日，广坐中称其少年豪杰。介甫方识之，见众人称誉其豪杰，乃云："唐太宗十八岁起义兵，方是豪杰。渠是何豪杰？"众不敢以对。

刘贡父与王介甫最为故旧。荆公尝戏拆贡父名曰："刘攽不值一分文。"谓其名也。贡父复戏拆荆公名曰："失女便成宕，无宀真是妬，下交乱真如，上交误当宁。"荆公大叹，而心衔之。

嘉祐中，士大夫之语曰："王介甫家，小底不如大底；南阳谢师宰家，大底不如小底。"谓安石、安礼、安国、安上，谢景初、景温、景平、景回也。

晏元献以前两府作御史中丞，知贡举，出《司空掌舆地之图赋》。既而举人上请者，皆不契元献之意。最后，一目眊瘦弱少年独至帘前，上请云："据赋题，出《周礼·司空》。郑康成注云：'如今之司空，掌舆地图也；若周司空，不止掌舆地之图而已。'若如郑说'今司空掌舆地之图也'，汉司空也。不知做周司空与汉司空也？"元献微应曰："今一场中，唯贤一人识题，正谓汉司空也。"盖意欲举人自理会得寓意于此。少年举人，乃欧阳公也，是榜为省元。

石介作《庆历圣德诗》以斥夏英公、高文庄公曰："惟竦、若讷，一妖一孽。"后闻夏英公作相，夜走台谏官之家，一夕，所乘马为之毙。所以弹章交上，英公竟贴麻，改除枢密使，缘此与介为深雠。其后介死，英公每对官吏或公厅，时失声发叹曰："有人于界河逢见石介来。"后卒有投蕃将发棺之事，有旨下兖州验实。杜祁公罢相守兖州，力为保明，乃免。

徐常侍铉自江南归朝，历左散骑常侍，贬静难军行军司马，而卒于邠州。铉无子。其弟锴有后，居金陵摄山前，开茶肆，号徐十郎，有铉、锴告敕，备存甚多。仆尝至摄山，求所谓徐十郎家观之，其间有自江南归朝初授官诰云："归明人伪银青光禄大夫、知内史事、上柱国徐铉，可依前银青光禄大夫、守太子率更令”云云，知内史乃江南宰相也，银青存其阶官也。

晏知止作府推，时诸子房中案牍犹多，祖宗自批判者文字甚众。祖宗时，不惟宰相，虽百执事皆起复，至富郑公乃以太平而辞耳。本朝儒臣杨大年、王元之、晏相皆不曾持父母服也。富公之后，如陈升之，亦百日则起复耳。此盖朝廷体貌，况在兵革之际乎？其来否则在人耳。

蹇授之以废孟后见章子厚言：“后一段当如何？”子厚曰：“除是惇不在此地，有死而已。”谓立刘后也。然不久遂立中宫，子厚但奉行而已。

范景仁父名文度，为蜀孔目官，事张乖崖。时见发郡人阴事而诛之，而不知其何以知之。但默观一小册，每钩距得人阴事，必记之册上，书讫入箱，封题甚密。文度日侍其旁，而莫测也。然每观小册，则行事多杀人或行法。一日，乖崖方观小册，忽内迫，遽起，不及封箱。文度遽取其小册观之，尽记人细故，有已行者，即朱勾之，未行者尚众也。文度阅毕，始悟平日所行，乃多布耳目所得，遂毁而焚之。乖崖还，见几上箱开，已色变；及启观小册，已失之。大怒之次，文度遽前请命曰：“乃某毁而焚之，今愿以一命代众人死，乞赐诛戮。”乖崖问其故。答曰：“公为政过猛，而又阴采人短长，不皆究实而诛，若不毁焚，恐自是杀人无穷也。”乖崖徐曰：“贷汝一死。然汝子孙必兴。”自是益用之。景仁，其子也。既起家，又以其家三翰林百禄为执政。何乖崖之知人而贳文度？其后果兴。

小说载江南大将获李后主宠姬者，见灯辄闭目云：“烟气！”易以蜡烛，亦闭目云：“烟气愈甚！”曰：“然则宫中未尝点烛耶？”云：“宫中本阁每至夜则悬大宝珠，光照一室，如日中也。”观此，则李氏之豪侈可知矣。

司马温公为相，除张茂则之子巽为阁门使。本朝无内臣之子在阁门者。君实明日语给事中蔡元度、王子发曰：“光不敢争。正留以成给事之贤名耳！”

杨康国为先子言，治平中，彭汝砺谅阴榜赴省试。时以汴河上旧省为试院，既闻榜出，与同试数人自往探榜。既出门，则报榜者纷然天汉桥。忽有一肥举人跨蹇自河路东来者，问报榜者曰："状元何人？"对曰："彭汝砺也。"跨蹇者闻之，即时回，更不至省前。康国追问随行小童，曰："此雍丘许秀才名安世也。"康国骇之。次举闻安世第一人及第也。

李公弼字仲修，登科初，任大名府同县尉。因检验村落，见所谓鱼鹰者飞翔水际，问小吏，曰："此关雎也。"因言："此禽有异：每栖宿，一窠中二室。"仲修令探取其窠观之，皆一窠二室，盖雄雌各异居也。因悟所谓"和而别"者，以此也；"鸷而通"者，习水而善捕鱼也。"和而别"者，因此悟明。二语疑衍文。仲修且叹："村落犹呼曰关雎，而'和而别'则学者不复辩矣！"

东坡自海外归，至南康军，语刘羲仲壮舆曰："轼元丰中过金陵，见介甫论《三国志》曰：'裴松之之该洽，实出陈寿上，不能别成书而但注《三国志》，此所以□陈寿下也。盖好事多在注中。安石旧有意重修，今老矣，非子瞻，他人下手不得矣。'轼对以轼于讨论非所工。盖介甫以此事付托轼，轼今以付壮舆也。"仆闻此于壮舆，尽直记其旧言。

时彦举进士第一人，后为江东小漕。因按部舟行于大江，阻风系舟僻左港汊一山下。因与同载二三举人尽却从者，上山闲步。山甚峻，披荒以行。及转山背，忽一小寺出于山顶，已有一老僧下山迎问曰："岂非时状元乎？"彦既讶了无从者，且非当路，何以知其至也？僧曰："此寺佛殿后，有人题壁曰：'某年月日，时状元到寺。'某志之有年，今日乃其所记之日时也。某及时晨起，相望久矣。"彦始吐实，而未之信也。相与至佛殿后，旋扫去积尘，始见其字，皆如僧言。而别有题年月，则彦尚未生之前也。观其旁又曰："此去十三年，官终四品。"彦录之以归，尝以语于人。至大观初，彦以吏部尚书卒，一作礼部尚书。正四品。距见题字时，适十三年矣。

刘琯，河中人，枢密学士综之孙也。其庶母王氏，既生琯而出外。琯事嫡母任氏，三十年不懈。嫡母死，寻访王氏，了不能得。遂弃官，布衣蔬食，跣足走天下访之，莫知其生死。数年而琯志益坚，誓不见母不复为人。会岁除日，行次汝洛间地名彭坡者，逆旅羁栖，岁尽未遂所志，泣于村市酒肆中。忽见日者，琯忧郁中谩呼，令作卦。日者端策云："此坤卦乘乾卦，父母爻动，必求访父母。今坤卦为主，则必母也。"因自喜曰："平生求之未见。"曰："喜神临如化之速，但不须发去，只留此以俟。匪惟在今日，且在今一时之内，所谓大庆可以贺矣。"琯虽心喜能知本意，而后段悠漫，乃日者常态，唯唯不应。日者临行，犹曰："即应，无相忘也。"琯愈惑。旋闻箫鼓喧阗，乃村人嫁女于除夕也，举酒肆人奔往观之。琯独坐无聊。已而，观者稍复还坐，各说所见。一老卒在坐曰："此本县富人之女，嫁此村富家，其送女者所生也，其婿家去此才十步。此妇人先在一大官家，闻生子今作官矣。又入一家，再为此富家侧室，生儿女三人，今嫁其季也，故今自送嫁。其正室已亡，家甚富，而专家事，于资送女甚厚也。"琯引身稍相近，问翁："知媪之姓氏与前主之姓乎？"曰："此妇姓王，闻前主姓刘，其子小名则琯也。"琯始惊，问翁："何以知其详如此？"兵曰："我放停兵也，固尝役于其家，且每祝我此事，故我常在心也。盖纸书其姓名状貌以千计矣！"出腰间系衣中小纸示琯，因略道所以。方语话酬酢间，村市小儿之慧黠者，潜往报此妇人矣。已而，老兵问琯详细，曰："当为验之。"然琯久求母不获，而为人绐之，疑似多矣。意事与名字或有相同者，未敢必信也。已而，小儿辈与老兵继往。妇人闻之，亟遣骑乘迎琯。琯犹未信，漫往。既各细验之，真琯母也。贮心滋久，再见于不料，母子相持号恸殒绝于村市久之。事定，因访日者，莫见也。问于村中，亦曰："未尝有此色目人。"意以琯纯孝所感，天假神灵以告之尔。琯后迎母同居，久之，以寿终。琯仕遇神宗，累膺繁剧，为世名臣。二子何、勃皆登科。其家光显贵盛，亦天之报也。

李教者，都官郎中昙之子。自少不调，学左道变形匿影飞空妖术。既成而精，同党皆师而信服焉。昙之母以夏月昼寝于堂，而堂阶前井中忽雷电霹雳大震，续有黄龙自井飞出。昙母惊起，开目见之，怖投床下径死。家人徐视之，乃教所变，龙即教也。昙见母死，吼怒杖之垂尽，逐出。教益与恶少薄游不检。一日，书娼馆曰："吕洞宾、李教同游。"昙知其尚存也，遣人四出捕之，寻获矣，教皇窘自缢死。

久之，王则叛于贝州，其徒皆左道用事，闻教妖术最高，声言教为谋主用事。朝廷亦知教妖术最高，果为则用，不可测也，闻之大骇，捕昙及教妻儿兄弟下狱，冀必得教。虽昙言教逐出既自缢死，终不信也。又于娼馆得教所题"教与吕洞宾同游"，又诏天下捕李教及吕洞宾二人。会贝州平，本无李教者，始信其真死矣。乃独令捕吕洞宾。甚久，乃知其寓托，无其人，乃已。虽知贝州无李教，所部监司、太守如张昷之、张存十数人前皆重贬，昙责昭州别驾，教妻子皆诛死。今《仁宗实录》虽载此，而无如此之详，故表见之。

吕文穆蒙正，少时尝与张文定齐贤、王章惠随、钱宣靖若水、刘龙图烨同学赋于洛人郭延卿。延卿，洛中乡先生。一日，同渡水谒道士王抱一求相，有僧应门曰："师出矣。"众问僧何为师道士，僧曰："学术数于道士三十年矣。"众因泛问之，僧曰："吾师切戒，术未精，慎毋为人言。君等必欲知，明日复来扣师可也。"明日，遂见之。文穆对席，张、王次之，钱又次之，刘居下座。坐定，道士抚掌太息。众问所以，道士曰："吾尝东至于海，西至流沙，南穷岭峤，北抵大漠，四走天下，求所谓贵人以验吾术，了不可得，岂意今日贵人尽在座中！"众惊喜，徐曰："吕君得解及第，无人可奉压，不过十年作宰相，十二年出判河南府，自是出将入相三十年，富贵寿考终始。张君后三十年作相，亦皆富贵寿考终始。钱君可作执政，然无百日之久。刘君有执政之名，而无执政之实。"语遍及诸弟子，而遗其师。郭君忿然，以为谬妄，曰："坐中有许多宰相乎？"道士色不动，徐曰："初不受馈，必欲闻之，请得徐告：后十二年，吕君出判河南府，是时君可取解。次年，虽登科，然慎不可作京官。"延卿益怒，众不自安，乃散去。久之，诏下，文穆果魁多士，而延卿不预。明年，文穆廷试第一，是所谓"得解及第，无人可压"矣。后十年作相，十二年，有留钥之命，悉如所言。延卿连蹇场屋，至是预乡荐。鹿鸣燕日，文穆命道士与席。宾散，独留二人者入内阁，尽欢如平生。文穆矜叹，赋诗曰："昔作儒生谒贡闱，今为丞相出黄扉。两朝鸳鹭醉中别，万里烟霄达了归。羽客渐垂新鹤发，故人犹著旧麻衣。洛阳谩说多才子，从昔遭逢似我稀。"道士索纸札似若复章者，乃书偈曰："重日重月，荣华必别。笙歌前导，偃师看雪。"文穆心知其异，敬收之。其后，钱贰枢府，未百日罢；张、王先后登庸；刘守蒲中，朝廷议除执政，命未及下而卒；延卿以文穆极力推挽登第，未久改秩，后卒：无一差者。独赠文穆之偈，乃致仕薨于西京，以重阳日丧过偃师。是日，大寒微霰，笙歌乃敕葬卤簿鼓吹也。

郑翰林獬，郎官纾之子也。獬虽负时名，然累赴殿试省试，俱不利。纾为狄青征广南辟客，是时侬智高鸱张，未知胜负，留家在雍丘舟中，而獬赴殿试罢，在京师候唱名。其母与尽室忧纾从军未知吉音，又忧獬仍旧黜于殿试。一家屏默惶惑之次，忽舟尾晨炊釜鸣，声甚厉，震动两岸，举家不知所为。釜鸣未定，忽岸上亟寻郑郎中船，乃报捷者南来，且附纾书云："已破侬贼，杀戮殆尽，走入溪洞，且议赏超迁矣。"语次，又有北来报榜者驰至，云："二秀才昨日唱名而出，已状元及第矣。"釜鸣盖有为吉者。

郑毅夫幼弟名猷，字献嘉。风流文雅，人物秀少，翩翩佳公子也。又自幼随侍毅夫，守东南名郡如钱唐之类，所阅佳丽，皆一时之选。喜读书，而诗章翰墨皆有声。毅夫既没，求监安州酒税。安州其乡里，以便养亲也。久之，湖南招降得蛮首舒光勇者，溪洞生黎，面色如漆，声音侏儒，如鬼物然。朝廷不杀，以三班差使亦来监安州酒税，与猷同官。猷以其素茹蛇啖蛊之人，每于其家送食，必作两分，与之对餐。然光勇终不快意，盖未尝知中国士夫家常馔也。每食馔毕，必令拦头辈于务前饼店以四钱买胡饼二枚。光勇既取食，必大称味之美，以谓平生未尝知此味也。一日，又以对猷言如前。猷因语之曰："汝本溪洞腥臊生蛮，不知有饮食，乍得此至下之物，食之以为未始有也。"猷谓所善曰："此事固小，可以喻大。凡不知而妄作者，皆舒光勇之类也。"

王景彝以御史中丞知贡举，而王平甫被黜。平甫对客云："就试前，梦御街上骑驴而坠地，今果为驴子所落。"景彝闻而大衔之。其后，平甫试大科，景彝弹其士检不修，罢之。又曾子固作中书舍人还朝，自恃前辈，轻蔑士大夫。徐德占为中丞，越次揖子固甚恭谨。子固问："贤是谁？"德占曰："禧姓徐。"子固答曰："贤便是徐禧？"禧大怒，忿然曰："朝廷用某作御史中丞，公岂有不知之理？"其后，子固除翰林学士，德占密疏罢之，又攻罢修《五朝史》。

喻皓所造开宝塔，为天下之冠。康定中，白昼，人见塔上一灯明，顷刻数盏以至千百盏。须臾，大雷雨作而焚尽。都人大骇。此真天火也。祖母为先子言。

刘原父就省试，时父立之为湖北转运使。按部至鄂州，与郡守王山民宴于黄鹤楼，数日不发。谓守曰："吾且止此，以候殿榜。儿子决须魁天下。"守心不平，且曰："四海多士，虽令似才俊，岂可预料？"立之曰："纵使程试不得意，亦须作第二人。"来日，殿榜到州，原父果第二名。继得家书云："初考乃状元，为赋中小误，遂以贾黯为魁。"立之即以书示郡守而行，所谓"知子莫若父"也。

颍上安希武殿直言，太祖受命，封丘独守城不下，其曾祖尝随太祖自攻之。后守封丘者奏职，既入拜，诸司使开陈桥门以迎太祖，即斩守门者。又言，其祖乃安习也。太宗判南衙，时青州人携一小女十许岁，诣阙理产业事。太宗悦之，使买之，不可得。习请必置之，遂与银二笏往。习刀截银一二两少块子，不数日，窃至南衙。不久，太祖知之，捕安习甚严。南衙遂藏习夫妇于宫中，后至登位才放出，故终为节度留后。其青州女子，终为贤妃者是也。

欧公云，太祖英武。潞州李筠反状至，怀其奏，召其子皇城使守节言父反事，惶恐。次谓："彼只少尔，但速去。"来日方出奏示臣寮。守节至潞州，开城降，兵不血刃。

庆历二年，御试进士，时晏元献为枢密使。杨察，晏婿也，时自知制诰避亲，勾当三班院。察之弟寘，时就试毕，负魁天下望。未放榜间，将先宣示两府，上十人卷子。寘因以小赋求察问晏公己之高下焉。晏公明日入对，见寘之赋已考定第四人，出以语察。察密以报寘。而寘试罢，与酒徒饮酒肆，闻之，以手击案叹曰："不知那个卫子夺吾状元矣！"不久唱名，再三考定第一人卷子进御，赋中有"孺子其朋"之言，不怿曰："此语忌，不可魁天下。"即王荆公卷子。第二人卷子即王珪，以故事，有官人不为状元。令取第三人，即殿中丞韩绛。遂取第四人卷子进呈，上欣然曰："若杨寘，可矣。"复以第一人为第四人。寘方以鄙语骂时，不知自为第一人也。然荆公平生未尝略语曾考中状元，其气量高大，视科第为何等事而增重耶！

杨宣懿察之母甚贤。能文，而教之以义，小不中程，辄朴之。察省试《房心为明堂赋》榜登科第二人，报者至，其母睡未起，闻之大怒，转面向壁曰："此儿辱我如此，乃为人所压。若二郎及第，待不教人压却。"及察归，亦久不与语。寘果魁天下。

欧阳文忠公，庆历中为谏官。仁宗更用大臣韩、富、范诸公，将大有为。公锐意言事，如论杜曾家事，通嫂婢有子，曾出知曹州，即自缢死，又论参知政事王举正不才；及宰臣晏殊、贾昌朝举馆职凌景阳娶富人女，夏有章有赃，魏庭坚逾滥，三人皆废终身。如此之类极多，大忤权贵，遂除修起居注、知制诰。韩、富既罢，未几，以龙图阁直学士为河北都运，令计议河北二相贾昌朝、陈执中争边事，其实宰相欲以事中之也。会令内侍供奉官王昭明同往相度河事，公言："今命侍从出使，故事无内侍同行之理，臣实耻之。"朝廷从之。公在河北，职事甚振，无可中伤。会公甥张氏，妹一作虔州。婿龟正之女，非欧生也，幼孤，鞠育于家，嫁侄晟。晟自虔州司户罢，以替名仆陈谏同行，而张与谏通。事发，鞫于开封府右军巡院。张惧罪，且图自解免，其语皆引公未嫁时事，词多丑异。军巡判官、著作佐郎孙揆止劾张与谏通事，不复支蔓。宰相闻之，怒，再命太常博士、三司户部判官苏安世勘之，遂尽用张前后语成案，俄又差王昭明者监勘。盖以公前事，欲令释憾也。昭明至狱，见安世所勘案牍，视之，骇曰："昭明在官家左右，无三日不说欧阳修，今省判所勘，乃迎合宰相意，加以大恶，异日昭明吃剑不得。"安世闻之，大惧，竟不敢易揆所勘，但劾欧公用张氏资买田产立户事奏之。宰相大怒。公既降知制诰、知滁州；而安世坐牒三司取录问吏人不闻奏，降殿中丞、泰州监税；昭明降寿春监税。公责告云："不知淑慎以远罪辜，知出非己族而鞠于私门，知女归有室而纳之群从。向以讼起晟家之狱，语连张氏之资，券既不明，辨无所验。以其久参侍从，免致深文，可除延阁之名，还序右垣之次，仍归漕节，往布郡条，体余宽恩，思释前咎。"又安世责词云："汝受制按考，法当穷审，而乃巧为朋比，愿弭事端，漏落偏说，阴合傅会。知朕慎重狱事，不闻有司，而私密省寺，潜召胥役，迹其阿比之实，尚与朋党之风。"云云。

其后，王荆公为苏安世埋铭，盛称能回此狱，而世殊不知揆守之于其前，昭明主之于其后，使安世不能有所变改迎合也。然则二人可谓奇士尔。昭明后亦召用。而揆，饶州人，终殿中丞。当张狱之兴，杨辟叔外为举人，上书陈相力救之。今宋文集中有外书。曾存之言。

欧阳公为河北都运使，时程文简知大名府。欧公性急自大，而文简亦狷介不容物。宰相意令二人愤争，因从而罪之。公悟其旨。初至大名，文简迎于郊，因问欧公所以外补之由。公叹曰："吾侪要会得，此正唐宰相用李绅、韩愈，令不台参故例耳。吾二人岂可堕其计中耶？"文简亦大叹。二人遂益交欢相好。宰相闻知，不久有孤甥之狱。

《达奚盈盈传》，晏元献家有之，盖唐人所撰也。盈盈者，天宝中贵人之妾，姿艳冠绝一时。会贵人者病，同官之子为千牛谒者，父遣往视之，因是以秘计相亲盈盈，遂匿于其室。甚久，千牛父失子，索之甚急。明皇闻之，诏大索京师，无所不至，而莫见其迹。因问近往处。其父言："贵人病，尝往问之。"诏且索贵人之室，盈盈谓千牛曰："今势不能自隐矣。出亦甚无害。"千牛惧得罪，盈盈因教曰："第不可言在此。恐上问何往，但云所见人物如此，所见帟幕屏帏如此，所食物如此，势不由己，则决无患矣。"既出，明皇大怒，问之，对如盈盈言。上笑而不问。后数日，虢国夫人入内，明皇戏问曰："何久藏少年不出耶？"夫人亦大笑而已。为人妾者，智术固可虑矣。又见天宝后掖庭戚属莫不如此，国何以久安耶？此传晏元献手书，在其甥杨文仲家。其间叙妇人姿色及情好曲折甚详，然大意若此。

皇祐二年，有狂人冷青言，母王氏本宫人，因禁中火出外。已尝得幸，有娠，嫁冷绪而后生青，为药铺役人。与高继安者谋之，诣府自陈，并妄以神宗与其母绣抱肚为验。知府钱明逸见其姿状魁杰，惊愕起立。后明逸以狂人置不问，止送汝州编管。推官韩绛上言："青留外非便，宜按正其罪，以绝群疑。"翰林学士赵概亦言："青果然，岂宜出外？若其妄言，则匹夫而希天子之位，法所当诛。"遂命概并包拯按得奸状，与继安皆处死。钱明逸落翰林学士，以大龙图知蔡州；府推张式、李舜元皆补外。世妄以宰相陈执中希温成旨为此，故诛青时京师昏雾四塞。殊不知执中已罢，是时宰相乃文、富二贤相，处大事岂有误哉！

刘原父好杂记，事或古或今，动成卷轴。予尝见其一卷内逐段事。一云：萧固为广西转运使，时侬智高未反，但诱聚亡命，阴为窥边计。边吏皆不悟，固遣人诱说，且奏朝廷乞与智高一官，善抚之，因令间交趾。奏下枢密院，难问再三。固又言"请择将吏，缮兵械，修城郭"，至六七皆不报。固既召归，智高果反，破城杀吏，大困一方，所至骚然。至遣大臣，仅免败亡，则枢密院乃归责于固，以知吉州，所谓"曲突徙薪无恩泽，焦头烂额为上客"也。又一云：进士滕甫最能为省题诗。皇祐元年，狄青成功于广西，时甫廷试《西旅来王诗》云"葱岭占佳气，毡裘拜未央"，最为佳句。此皆原父亲札尔。康定中，元昊上言："为诸羌所扰，不得已，请朝廷加一名号。"宰相大怒，即乞削属籍，出兵加讨。时惟谏官吴育言："夷狄难以中国叛臣处之，乞加以名号。"不听。卒致侵边患，颇与固相类。然古今如此者多矣，郑畋乞与黄巢节度使、吕琦乞和番之类是也。

刘原父学际天人。知永兴日，已被病。时所亲贾常彝父同在雍，夏月与常露坐，见一流星甚大。原父惊曰："当有亲王为九五者。"后数月，乃英宗为皇子。

赵至忠虞部自北虏归朝，尝仕辽中，为翰林学士，修国史，著《虏廷杂记》之类甚多。《杂记》言：圣宗芳仪李氏，江南李景女。初嫁供奉官孙某，为武疆都监。妻女皆为圣宗所获，封芳仪，生公主一人。晁补之为北都教官，因览此书而悲之，与颜复长道作《芳仪曲》云："金陵宫殿春霏微，江南花发鹧鸪飞。风流国主家千口，十五吹箫粉黛稀。满堂诗酒皆词客，拭汗争看平叔白。后庭一曲时事新，挥泪临江悲去国。令公献籍朝未央，敕书筑第优降王。魏俘曾不输织室，供奉一官奔武疆。秦淮潮水钟山树，塞北江南易怀土。双燕清秋梦柏梁，吹落天涯犹并羽。相随未是断肠悲，黄河应有却还时。宁知翻手明朝事，咫尺千山不可期。苍黄三鼓滹沱岸，良人白马今谁见？国亡家破一身存，薄命如云信流转。芳仪加我名字新，教歌遣舞不由人。采珠拾翠衣裳好，深红暗尽惊胡尘。阴山射虎边风急，嘈杂琵琶酒阑泣。无言偏数天河星，只有南箕近乡邑。当年千指渡江来，千指不知身独哀。中原骨肉又零落，黄鹄寄意何当回！生男自有四方志，女子那知出门事？君不见李君椎髻泣穷年，丈夫飘泊犹堪怜。”余尝游庐山，见李主有国时修真风馆，皆宫人施财，刊姓氏于碑，有太宁公主、永嘉公主二人，皆景女，不知芳仪者孰是也。

龙衮《江南录》，有一本删润稍有伦贯者，云：李国主小周后随后主归朝，封郑国夫人，例随命妇入宫。每一入辄数日而出，必大泣骂后主，声闻于外，多宛转避之。又韩玉汝家有李国主归朝后与金陵旧宫人书云：“此中日夕，只以眼泪洗面。”

欧阳公为西京留守推官，富郑公犹为举子，每与公往来。是时，胥夫人乳媪年老不睡，善为冷淘，郑公喜嗜之。每晨起，戒中厨具冷淘，则郑公必来。公怪而问之。乳媪云：“我老不睡，每夜闻绕宅甲马声，则富秀才明日必至。以此验之。若如常夜，则必不来。”欧公知富公必贵。

尹师鲁性高而褊，在洛中尝与欧、梅诸公同游嵩山。师鲁曰：“游山须是带得胡饼炉来，方是游山。”诸公咸谓：“游山贵真率，岂有此理！”诸公群起而攻之。师鲁知前言之谬而不能胜诸公，遂引手扼吭。诸公争救之，乃免。

李士宁缘以金钑龙刀遗世居坐罪，许安世亦连坐焉。初，许既魁多士，其父许琉为越州知录，往省覲。道出杭州，见沈文通。召食罢，延之书斋，玩好尽在，见此宝刀以金涂双龙缠之，制作精巧，光芒射人。安世见而叹爱，且屡目之。文通曰：“少张喜此耶？通自得此刀，家间祸患相继，每欲与人。今公方魁天下，福气必能胜之。敢以为赠。”安世得之，宝惜特甚，而士宁素为安世所仰，一日以示。士宁见，遂拜曰：“此物乃在公所耶？此徐温所佩。有二刀焉，其雌者士宁已得之，此其雄也。士宁为此刀，亲渡海往外国求之而不得，今乃近在公处。”叹息惊骇久之。安世问其意，士宁密曰：“我大丹未成、不得仙去者，此刀未获也。若得此二刀以炼丹，不惟我受其功，药成亦可分遗公矣。”安世素神信士宁，遂举以与之。尔后寂然久之，至世居事作，此刀在焉，乃士宁私以遗世居也。士宁既坐私入宫赠诗与世居，又有龙刀，故坐罪配永州。而询其所由，乃安世处得之，故亦坐贬。噫！物之为祸，有如此者！

先公言，与阎二丈询仁同赴省试，遇一少年风骨竦秀于相国寺。及下马，去毛衫，乃王元泽也。是时盛冬，因相与于一小院中拥火。询仁问荆公出处，曰："舍人何久召不赴？"答曰："大人久病，非有他也。近以朝廷恩数至重，不晚且来。句误。疑是旦晚且来。雱不惟赴省试，盖大人先遣来京寻宅子尔。"询仁云："舍人既来，谁不愿赁宅，何必预寻？"元泽答曰："大人之意不然，须与司马君实相近者。每在家中云：'择邻必须司马十二。此人居家，事事可法，欲令儿曹有所观效焉。'"

政和中，青溪知县、奉议郎盛龠因事对移桐庐县丞。冬至夜，宰会同官至深夜。明日五鼓漏欲尽，往贺邑宰未出，坐于客次，见有绯鱼入坐，盛既至，遽起，就马亟去，且云："儿子不孝。某有职事，天将明，不可留矣。"龠惊问小吏，答云："知县寻常享祀最早，夜来以会客饮酒过多，天晓方设祭。此其先父也。"

吕吉甫自罢参知政事，最为偃蹇。元祐间，贬为散官，居于建州凡十年。再见绍圣，固当预政。章子厚、蔡元度先得路，百计逐之，老于为帅。继□蔡元长久据大权，以妖人事再贬武昌。至张天觉作相，始荐于上皇，召为宫使，留京师。吉甫作谢表云："历官三十八任，八一作六。受恩虽出于累朝；去国四十二年，留侍方从于今日。"徽庙大喜，甚有大拜意。一日，书于纸曰："何执中除太傅平章事，张商英左仆射兼门下侍郎，吕惠卿右仆射兼中书侍郎。"既书之矣，适一士人献宫词百篇，其一首云："先帝熙宁有旧臣，曾陪元宰转洪钧。嗣皇不减周文美，八十重来起渭滨。"徽宗改"不减"作"不啻"，御书二扇，一以赐吉甫。众谓必相矣，然何执中、郑居中方攻天觉，尽用其党，逐天觉门人，起大狱为奇祸。而吉甫以腹疾乞致仕，卒于京师。其命矣乎！

贺方回遍读唐人遗集，取其意以为诗词，然所得在善取唐人遗意也，不如晏叔原尽见升平气象，所得者人情物态。叔原妙在得于妇人，方回妙在得词人遗意。非特两人而已。如少游临死作谶词云："醉卧古藤阴下，了不知南北。"必不至于西方净土。若王荆公、司马温公、赵阅道必不如此道也。非特贺、晏而已，凡古之词人尽如此而已矣。若荆公暮年赋《临水桃花诗》："还如景阳妃，含嗟堕宫井。"此善体物者也。然不止此而已，终云"惆怅有微波，残妆坏难整"，此乃能见境而却扫除净尽，此所谓倒弄造化手也。

章子厚在睦州，见贡士学制放下，谓郡守方通曰："蔡元长改学制，自旧用诗赋，也有状元，也做宰相；后用经义，也有状元，也有宰相。"

章申公在睦州，暮年有妾曰蒨英，有殊色。公宠嬖之。一日，其子援至所居乌龙寺僧房，有玉界尺在案上，乃公所爱，因究其所从。群婢共言与僧通已久。公怒，令为爨婢，布衣执爨而已，未尝棰也；而罪群婢不能防闲，缚而尽棰之。蒨英既执爨，请令十二县君供过，乃援妻也。缚其僧，棰而送郡，其供出事目如牛腰，即械送狱。郡守方通亲鞫而亟断之，杖其背，厅事震动，而僧不动如山。蒨英执爨四十日，衣敝。申公思之，令援曰："十二县君不须出，令蒨英依旧伏侍。蒨英却著旧衣。"蒨英坚不肯著，呼至前，曰："相公送至州县则送之，蒨英不著好衣，不伏侍相公。蒨英宁死尔！"言讫，吞气立死。

世言章申公在睦州遇猿事，时方通为守，实然也。云有大猿数十，章遂使人擒而缚之。忽于乌龙山后突出数千大青猿，解缚夺而去之。人皆莫敢近。余晋仲目击。

晏元献罢相，守颍州。一日，有岐路人献杂手艺者，作踏索之伎。已而，掷索向空，索植立，遂缘索而上，快若风雨，遂飞空而去，不知所在。公大骇莫测。已而，守衙排军白公曰："顷尝出戍，曾见此等事，但请阖郡谯门大索，必获。盖斯等妖术未能遽出府门也。"公如请，戒众兵曰："凡遇非衙中旧有之物，即以斧斫之。"既周视，无有。最后于马院旁，一卒曰："旧有系马柱五枚，今有六枚，何也？"亟斫之，即大呼，乃人尔。遂获妖人。

章子厚少年未改官，蒙欧阳公荐馆职。熙宁初，欧公作《史炤岘山亭记》以示子厚。子厚诵至"元凯铭功于二石，一置兹山，一投汉水"，子厚曰："今饮酒者，令编札斟酒亦可，穿衫著带斟酒亦可，令妇环侍斟酒亦可，终不若美人斟酒之中节也。'一置兹山，一投汉水'亦可，然终是突兀，此壮士编札斟酒之礼也。惇欲改曰'一置兹山之上，一投汉水之渊'，此美人斟酒之体，合宜中节故也。"文忠公喜而用之。

王荆公知制诰，丁母忧，已五十矣。哀毁过甚，不宿于家，以稿秸为荐，就厅上寝于地。是时，潘夙公所善，方知荆南，遣人下书金陵。急足至，升厅见一人席地坐，露颜瘦损，愕以为老兵也，呼院子令送书入宅。公遽取书，就铺上拆以读。急足怒曰："舍人书而院子自拆，可乎！"喧呼怒叫。左右曰："此即舍人也。"急足皇恐趋出，且曰："好舍人！好舍人！"

欧阳文忠公在两禁，因赴李都尉家会，至五鼓传呼呵殿而归。至内前，禁中讶趋朝之早，呼欧公官，使人密觇之，知赴李氏集方归。明日，出知同州。执政留之甚力，以修《唐书》为言，方不行。

光州有村民毕姓兄弟二人，养母佣力，又雇二人担粪土，得钱以养母尽孝道。一日，至食时，雇者不至。兄弟惶惑，夜无母饭，不知所为。遂各担箩遍村求售担物，无有也。念母过时未食，茫然四顾，力乏枕担于杏山观前左。忽一道士自观中呼二人，问其困睡状，起对以曲折。道士曰："我政欲淘厕，汝能从我？"至观中，因指示其处。二人共淘之，皆若器皿，既视之，皆金器，两担光彩烂然。二人亟寻适来道士，已不复见。问观中，无此色人。因担以示观主，闻之于官。太守曰："此汝得之物，官难取也。"尽以给之。二人变其业，尽以置田，遂为富人。教子读书，京中进士第。京生二子之才、之翰，皆为郡守。天之报施，昭显如此。

石曼卿与刘潜、李冠为酒友。曼卿赴海州通判，将别，语潜曰："到官可即来相见，寻约痛饮也。"既半载，往见。到倅厅门，其阍者迎谓曰："自此入客位，勿高声也。"既见谒者，问知无官，请衣襕鞹。潜曰："吾酒友也。"典客者曰："公勿怒，既至此，无复去之理，我为借以衣。"不得已，衣之。坐几两时，胸中不胜愤。典谒者言："通判歇息，未敢传。"坐几三时，馁甚，忽报通判请，赞者请循廊。曼卿道服仙巾以就坐，不交一谈，徐曰："何来？"又久之曰："何处安下？有阙示及。"一典客从旁赞曰："通判尊重，不请久坐。"潜大怒索去。云："献汤。"汤毕，又唱："请临廊。"似当仍作循廊。潜益愤，趋出。曼卿曳其腰带后曰："刘十，我做得通判过否？扯了衣裳，吃酒去来。"遂仍旧狂饮，数日而罢。

蒋希鲁守苏州，时范文正守杭州，极下士。王荆公兄弟时寄居于杭，平甫尚布衣少年也。一日，过苏见希鲁，以道服见之。平甫内不能平，时时目其衣。希鲁觉之，因曰："范希文在杭时，著道服以见客。"平甫对曰："希文不至如此无礼。"

诸先生者，失其名，杭州人。举进士，当赴礼部间，遇异僧慈上座，传以《易》数云："《易》有三术：上者不可言；中者犹足了死生，证心地；下者知象数休咎。"且言："子当传吾术，足以资身，不必仕宦，盖子命薄也。"遂授其术，尽验。遂不复就省试。又以授其子，亦验。慈上座者别去曰："他时见胡钉铰者，知吾所在也。"后失其子。章丞相当国，必欲致之，声言："吾已使人求得其子，须来，则面与之见。"先生遂往见。章丞相大喜其学。及问其子所在，曰："吾欲相见，诈言之耳。"且入朝且一作旦。荐其学，以不肯赴举为言，诏特赴殿试。先生惊悔走避。丞相召乡人赴殿试者，令连结保。乡人泣请曰："若忤丞相，则我辈垂得一官而失，皆子之致矣。"致一作故。不得已赴试，而犯庙讳。丞相入奏："斯人不欲仕，故为之尔。"特置第五甲。既悒悒不乐，一日，勉往置冠带，而作带者极有士人风范，问之，则胡钉铰也。惊问慈上座所在，曰："君既仕宦矣，各行其志可也。慈上座其可得而见耶？"先生固请往见之，曰："上座于人，才举意则知之，况顷刻已万里矣，何可知其处也？"先生益不乐，失志得疾，不俟注黄甲，以疾还乡而卒。独其书，人犹得之，号《三宫易》、《六遇易》。晁以道得其书，不可用。

胡先生翼之尝谓滕公曰："学者只守一乡，则滞于一曲，隘吝卑陋。必游四方，尽见人情物态、南北风俗、山川气象，以广其闻见，则为有益于学者矣。"一日，尝自吴兴率门弟子数人游关中。至潼关，路峻隘，舍车而步。既上至关门，与滕公诸人坐门塾少憩。回顾黄河抱潼关，委蛇汹涌，而太华、中条环拥其前，一览数万里，形势雄张，慨然谓滕公曰："此可以言山川矣，学者其可不见之哉！"

滕公尝语人，胡先生有人伦鉴。在太学时，如窦卞、汪辅之一时学者数百人相随。每于众中尝称誉安焘厚卿曰："安秀才骨相，他日必贵。"如此数十次。众有不服者，请其由。先生曰："此亦易见尔。安君，金玉色也。金玉必须富贵者所用，置之粪壤可乎？人有瓦砾色者至多，若瓦砾者，何所用耶？亦不待相书而后知也。"众人乃服。其后，安公三作执政。初预政，父母俱存。官至观文殿学士以终。

恩官人学王书，甚有楷法。尝书以示众云："书者，一艺尔。可以纪言纪事，非道人之所游心；知之不免生死，不知不障涅槃。有志于道者，请事斯语。"

颍人沈士龙，字景通。高节独行，过于古人，尤工于诗。庆历登科，既改官，以秘书丞为益州司录。会宋子京为帅，惟事宴饮，沈湎日夜，衙前陪费多自经。景通上书子京，力言差役之害，请减饮宴。子京不听。又于本路转运使赵抃阅道，不行。乞解官寻医，又不许。遂挂衣冠置本厅，载其母，去官。子京遣人追之，不回。过关无以为验，景通言其情于关吏，怜而义之，听其过关。坐是勒停，关吏亦得罪。久之，御史中丞韩绛言其非辜，复官。王荆公行复官词，略曰："况尔之去官志于善乎？"后居颍，元丰中卒。

张君房，字允方，安陆人。仕至祠部郎中、集贤校理，年八十余卒。平生喜著书，如《云笈七签》、《乘异记》、《丽情集》、《科名分定录》、《潮说》、《脞说》之类甚众。知杭州钱塘，多刊作大字版携归，印行于世。君房同年白稹者，有俊声，亦以文名世。蚤卒，有文集行于世。常轻君房为人，君房心衔之，及作《乘异记》，载白稹死，其友行舟，梦稹曰："我死罚为鼋，汝来日舟过，当见我矣。"如其言行舟，见人聚观，而乌鹊噪于岸，倚舟问之，乃渔人网得大鼋。其友买而放之于江中。《乘异记》既行，君房一日朝退，出东华门外，忽有少年拽君房下马奋击，冠巾毁裂，流血被体，几至委顿。乃白稹之子也，问："吾父安有是事？必死而后已！"观者为释解，且令君房毁其版。君房哀祈如约，乃得去。

裴铏《传奇》曰："陈思王《洛神赋》，乃思甄后作也。"然无可疑。李商隐诗曰"君王不得为天子，半为当年赋洛神"是也。按《洛神赋》李善、五臣注云："曹植有所感托而赋焉。"则自昔已传甄后之事矣。

至《洛神赋》曰："怨盛年之莫当。抗罗袂以掩涕兮，泪流襟之浪浪。"善注曰："盛年，谓少壮之时不能当君王之意。此言感甄后之情。"已上皆李善之注语也。善已言"感甄后之情"，则此事益明，然谓"少壮之时不能当君王之意"则误。按甄后自为袁熙妻，而魏文帝为五官中郎将，平袁氏，纳甄后。至即位之二年——黄初二年，而甄后被杀，时年二十余。而甄后死之年，文帝已三十六矣。谓文帝在位七年而年四十，于黄初七年乃崩，即黄初二年年三十六可验。故赋谓"人神之道殊兮，怨盛年之莫当"者，意非文帝匹敌及年龄之相远绝故也。此有深旨，仆考之旧事，知其明甚。《世说》云：甄慧而有色，先为袁熙妻，甚获宠。曹公之屠邺也，疾召甄，左右白曰："五官中郎已将去。"公曰："今年破贼，正为此奴。"云云。故孔融闻五官将纳熙妻也，以书与曹公曰："武王伐纣，以妲己赐周公。"太祖以孔融博学，谓书传所记，后见问，对曰："以今度古，想其然也。"由是观之，不独兄弟之嫌，而父子之争亦可丑也。又按《洛神赋序》云："黄初三年，予朝京师，还济洛川。古人有言，斯水之神名曰宓妃。感宋玉对楚王神女之事，遂作斯赋。"而《魏志》曰："黄初二年，甄夫人卒。"乃甄后死后一年作赋也。故此赋托之鬼神，有曰"洛灵感焉"，又曰"悼良会之永绝，哀一逝而异乡"，又曰"忽不悟其所舍，怅神霄而蔽光"，又曰"冀灵体之复形，御轻舟而上溯"，皆鬼神死生之语也。《魏志》曰："植几为太子数矣，而任性而行，不自雕励。"又："黄初二年，监国谒者灌均希旨，奏植'醉酒悖慢，劫胁使者'，有司请治罪。帝以太后故，贬爵安乡侯。诏曰：'朕于天下，无所不容，况植乎？'"按此皆甄后死之年也。惟李商隐诗再三言之，有《涉洛川诗》："通谷杨林不见人，我来遗恨古时春。宓妃漫结无穷恨，不为君王杀灌均。"注曰："灌均，陈王之典签，谮王于文帝者。"又商隐《代魏宫私赠诗》先于其下注曰："黄初三年，已隔存没，追代其意，何必同时？亦《广子夜鬼歌》之流。"诗云："来时西馆阻佳期，去后漳河隔梦思。知有宓妃无限意，春松秋菊可同时。"仆意李义山最号知书，意必皆有据耳。元微之《代曲江老人百韵诗》有曰："班女恩移赵，思王赋感甄。辉光随顾步，生死独摇唇。"

历代笔记小说大观总目

汉魏六朝

西京杂记(外五种)　[汉] 刘歆 等撰　王根林 校点
博物志(外七种)　[晋] 张华 等撰　王根林 等校点
拾遗记(外三种)　[前秦] 王嘉 等撰　王根林 等校点
搜神记 · 搜神后记　[晋] 干宝 陶潜 撰　曹光甫 王根林 校点
世说新语　[南朝宋] 刘义庆 撰　[梁] 刘孝标注　王根林 标点

唐五代

朝野佥载 · 云溪友议　[唐] 张鷟 范摅 撰　恒鹤 阳羡生 校点
教坊记(外七种)　[唐] 崔令钦 等撰　曹中孚 等校点
大唐新语(外五种)　[唐] 刘肃 等撰　恒鹤 等校点
玄怪录 · 续玄怪录　[唐] 牛僧孺 李复言 撰　田松青 校点
次柳氏旧闻(外七种)　[唐] 李德裕 等撰　丁如明 等校点
酉阳杂俎　[唐] 段成式 撰　曹中孚 校点
宣室志 · 裴铏传奇　[唐] 张读 裴铏 撰　萧逸 田松青 校点
唐摭言　[五代] 王定保 撰　阳羡生 校点
开元天宝遗事(外七种)　[五代] 王仁裕 等撰　丁如明 等校点
北梦琐言　[五代] 孙光宪 撰　林艾园 校点

宋元

清异录 · 江淮异人录　[宋] 陶穀 吴淑 撰　孔一 校点
稽神录 · 睽车志　[宋] 徐铉 郭彖 撰　傅成 李梦生 校点

贾氏谭录 · 涑水记闻　[宋] 张洎 司马光 撰　孔一 王根林 校点
南部新书 · 茅亭客话　[宋] 钱易 黄休复 撰　尚成 李梦生 校点
杨文公谈苑 · 后山谈丛　[宋] 杨亿口述、黄鉴笔录、宋庠整理　陈师道 撰　李裕民 李伟国 校点
归田录(外五种)　[宋] 欧阳修 等撰　韩谷 等校点
春明退朝录(外四种)　[宋] 宋敏求 等撰　尚成 等校点
青琐高议　[宋] 刘斧 撰　施林良 校点
渑水燕谈录 · 西塘集耆旧续闻　[宋] 王辟之 陈鹄 撰　韩谷 郑世刚 校点
梦溪笔谈　[宋] 沈括 撰　施适 校点
麈史 · 侯鲭录　[宋] 王得臣 赵令畤 撰　俞宗宪 傅成 校点
湘山野录 续录 · 玉壶清话　[宋] 文莹 撰　黄益元 校点
青箱杂记 · 春渚纪闻　[宋] 吴处厚 何薳 撰　尚成 钟振振 校点
邵氏闻见录 · 邵氏闻见后录　[宋] 邵伯温 邵博 撰　王根林 校点
冷斋夜话 · 梁溪漫志　[宋] 惠洪 费衮 撰　李保民 金圆 校点
容斋随笔　[宋] 洪迈 撰　穆公 校点
萍洲可谈 · 老学庵笔记　[宋] 朱彧 陆游 撰　李伟国 高克勤 校点
石林燕语 · 避暑录话　[宋] 叶梦得 撰　田松青 徐时仪 校点
东轩笔录 · 嬾真子录　[宋] 魏泰 马永卿 撰　田松青 校点
中吴纪闻 · 曲洧旧闻　[宋] 龚明之 朱弁 撰　孙菊园 王根林 校点
铁围山丛谈 · 独醒杂志　[宋] 蔡絛 曾敏行 撰　李梦生 朱杰人 校点
挥麈录　[宋] 王明清 撰　田松青 校点
投辖录 · 玉照新志　[宋] 王明清 撰　朱菊如 汪新森 校点
鸡肋编 · 贵耳集　[宋] 庄绰 张端义 撰　李保民 校点
宾退录 · 却扫编　[宋] 赵与时 徐度 撰　傅成 尚成 校点
桯史 · 默记　[宋] 岳珂 王铚 撰　黄益元 孔一 校点
燕翼诒谋录 · 墨庄漫录　[宋] 王林 张邦基 撰　孔一 丁如明 校点
枫窗小牍 · 清波杂志　[宋] 袁褧 周煇 撰　尚成 秦克 校点
四朝闻见录 · 随隐漫录　[宋] 叶少翁 陈世崇 撰　尚成 郭明道 校点
鹤林玉露　[宋] 罗大经 撰　孙雪霄 校点

困学纪闻　［宋］王应麟 撰　栾保群 田松青 校点
齐东野语　［宋］周密 撰　黄益元 校点
癸辛杂识　［宋］周密 撰　王根林 校点
归潜志·乐郊私语　［金］刘祁　［元］姚桐寿 撰　黄益元 李梦生 校点
山居新语·至正直记　［元］杨瑀 孔齐 撰　李梦生 庄葳 郭群一 校点
南村辍耕录　［元］陶宗仪 撰　李梦生 校点

明代

草木子(外三种)　［明］叶子奇 等撰　吴东昆 等校点
双槐岁钞　［明］黄瑜 撰　王岚 校点
菽园杂记　［明］陆容 撰　李健莉 校点
庚巳编·今言类编　［明］陆粲 郑晓 撰　马镛 杨晓波 校点
四友斋丛说　［明］何良俊 撰　李剑雄 校点
客座赘语　［明］顾起元 撰　孔一 校点
五杂组　［明］谢肇淛 撰　傅成 校点
万历野获编　［明］沈德符 撰　杨万里 校点
涌幢小品　［明］朱国祯 撰　王根林 校点

清代

筠廊偶笔 二笔·在园杂志　［清］宋荦 刘廷玑 撰　蒋文仙 吴法源 校点
虞初新志　［清］张潮 辑　王根林 校点
坚瓠集　［清］褚人获 辑撰　李梦生 校点
柳南随笔 续笔　［清］王应奎 撰　以柔 校点
子不语　［清］袁枚 撰　申孟 甘林 校点
阅微草堂笔记　［清］纪昀 撰　汪贤度 校点
茶余客话　［清］阮葵生 撰　李保民 校点

檐曝杂记 · 秦淮画舫录　[清] 赵翼 捧花生 撰　曹光甫 赵丽琰 校点
履园丛话　[清] 钱泳 撰　孟斐 校点
归田琐记　[清] 梁章钜 撰　阳羡生 校点
浪迹丛谈 续谈 三谈　[清] 梁章钜 撰　吴蒙 校点
啸亭杂录 续录　[清] 昭梿 撰　冬青 校点
竹叶亭杂记 · 今世说　[清] 姚元之 王晫 撰　曹光甫 陈大康 校点
冷庐杂识　[清] 陆以湉 撰　冬青 校点
两般秋雨盦随笔　[清] 梁绍壬 撰　庄葳 校点